Macedonio Fernández

Papeles de Recienvenido

Barcelona 2024
Linkgua-ediciones.com

Créditos

Título original: Papeles de Recienvenido.

© 2024, Red ediciones S.L.

e-mail: info@linkgua.com

Diseño de cubierta: Michel Mallard.

ISBN rústica ilustrada: 978-84-1126-776-2.
ISBN tapa dura: 978-84-1126-056-5.
ISBN ebook: 978-84-9007-072-7.

Sumario

Brevísima presentación

La vida

Macedonio Fernández (Buenos Aires, 1 de junio de 1874-Buenos Aires, 10 de febrero de 1952). Argentina.

Era hijo de Macedonio Fernández, estanciero y militar, y de Rosa del Mazo Aguilar Ramos. En 1887 estudió en el Colegio Nacional Central.

Entre 1891-1892 publicó en diversos periódicos una serie de páginas costumbristas incluidas más tarde en *Papeles antiguos*, primer volumen de sus Obras completas. Y en 1897 la Facultad de Derecho de la Universidad de Buenos Aires le otorgó el título de doctor en jurisprudencia por una tesis titulada *Sobre las personas*. Por entonces escribió en *La Montaña*, diario socialista dirigido por Leopoldo Lugones y José Ingenieros y se casó con Elena de Obieta, con quien tuvo cuatro hijos.

Sus primeros poemas aparecieron en 1904 en la revista *Martín Fierro* (que no hay que confundir con la revista vanguardista del mismo nombre de los años veinte y en la que tendrá un papel muy activo). En 1910 Macedonio fue nombrado Fiscal en el Juzgado Letrado de la ciudad de Posadas, en la provincia de Misiones.

En 1920 murió su esposa. Sus hijos quedaron al cuidado de abuelos y tías. Abandonó la profesión de abogado y al volver Jorge Luis Borges de Europa en 1921, lo redescubrió y sostuvieron una prolongada amistad.

En 1947, Macedonio se instaló en la casa de su hijo Adolfo, donde vivió hasta su muerte en 1952.

Papeles

En *Papeles de Reciénvenido*, Macedonio Fernández entrelaza metafísica, humor, teoría y novela. Desde la organización misma del libro —cartas, salutaciones, discursos, capítulos sin continuidad— donde el entrometimiento de lo insólito fracciona el discurso y la sucesión temporal, hasta convertir las ideas en objetos concretos construyendo un universo sin elementos sacados de la vida real. Para ello expone un proyecto literario que se aleje de todo aquello que implique descripción o imitación de las tramas cotidianas de la vida. Para lograr la perpetuidad de la obra de arte, Macedonio Fernández propone despojarse de los preceptos tradicionales de la literatura realista, como la coherencia en el lenguaje, desestabilizando el procedimiento artístico y la estabilidad intelectual.

> ... Construyamos una espiral tan retorcida que canse al viento andar en su interior, y de ella salga mareado olvidando su rumbo; construyamos una novela así que por una vez no sea clara, fiel copia realista. O el arte está demás o nada tiene que ver con la realidad; solo así es el real, así como los elementos de la realidad no son copias unos de otros.

Salvedad[1]

Ni ésta, pasajera, ni una eterna obra literaria, ni un autor común ni uno privilegiado de inmortalidad, pueden atribuirse audiencia en la tensión noble de esta hora mayor de la humanidad. Con escalofrío tendría que mirar un autor consciente el desaire del andar aparecido de un libro suyo por entre la desatención suprema de una humanidad en única ennoblecida contención.

De una edición de solo doscientos ejemplares ésta es esencialmente una segunda, después de casi quince años de aquélla y de prometida ésta. Para que su manuscrito yacente en un armario no moleste mis pocas energías mentales, que dedico a la pulsación actual de lo humano, lo saco de cerca de mí; todo nos gasta a los ancianos.

Creo que salvo pocos renglones felices no aporto novedad en la humorística que había estudiado tanto. Que el lector, condolido, a mí personalmente me perdone lo que, juagante, no perdonará al libro.

Si muchos miedos, y una constante imposición del Misterio, hacen humorista, nadie escribirá más alegremente, hará más optimistas que yo.

M. F.

---

1 La presente edición se basa en la realizada por Adolfo de Obieta, hijo de Macedonio. (N. del E.)

I. Papeles de Recienvenido

El Recienvenido (Fragmento) ¡Fue tan fortísimo el golpe que no
hay memoria en la localidad de que en los últimos cuarenta años
se haya registrado temperatura tan elevada en la región golpeada!
(Otra cosa que los más ancianos del país no recuerdan es que yo
haya sido visto con dinero algún día en ese mismo intervalo; pero
eso lo diré más adelante, cuando otro hecho excepcional requiera
el énfasis de una referencia a cosa no acaecida en cuarenta años.)
Esos intervalos de cuarenta años tan cómodos se encuentran en
cualquier localidad, a menos que hayan sido recientemente atrope-
llados por una locomotora y que todavía el ayuntamiento local no
haya iniciado su reconstrucción. Es muy conveniente que una vez
registrado un terremoto y puestos hacia afuera sus bolsillos, se le
coloque en el departamento contiguo al de intervalos de cuarenta
años y al de las temperaturas más revisadas y registradas, y que
estos tres locales estén siempre a la izquierda y a breve distancia de
la Estación de tren, que es el lugar donde se elevan las tarifas, con
amplia facilidad para descarrilamientos a la derecha. Un poco más
allá... todo viajero que no se haya quedado en su casa debe saber
distinguir el lugar denominado un-poco-más-allá, sin lo cual anda-
ría tan extraviado como si no hubiera leído nunca lo que no puedo
creer mi discreta obra «La Guía del Cojo en el Camino Recto de
la Vida».
Soy de un temperamento tan instructivo que no puedo dejar
de informaros que todos los pueblos existentes —los inexistentes
son malsanos— deben tener una estatua del inventor de los lados
derecho e izquierdo y los de revés y anverso, distinción ésta que
solo los agujeros escurren. No me pregunten ahora el porqué los
comisarios más abusivos siempre se abstuvieron de llevar presa a
ninguna estatua, que viven en las plazas como los vagabundos,
ostentando el mal ejemplo de su holgazanería. Aborrezco las es-

tatuas: casi siempre son hombres con sobretodo griego, o amplia levita de mármol. Si absurdo suele ser el traje actual del varón, esos botones y trencillas de mármol, ese trozo gruesísimo de mármol que simula los faldones levantados levemente por la brisa, son intolerables, y todo para que un hombre esté allí asegurándonos con su mano y su boca que nos va a decir cosas elocuentes y no se le oye en todo el día.

Si uno fuera a hacerles caso, no penetraría en ninguna plaza, pues están a la entrada con el brazo tendido hacia mí (y demás personas). Dicho brazo grita: «Vete, deténte». No atienden recomendaciones aunque en vida no hacían otra cosa que pedir o dar empleos. Felizmente la naturaleza los ha dotado de la incapacidad de darse vuelta, y aprovechando un momento el gran sistema es entrar por el lado opuesto, apuntándose de camino un cafecito en el boliche de los «Tres Ángeles y Medio», que hace tanto negocio a espaldas del grandioso personaje. Voy a cerrar aquí el paréntesis; es fácil volver a abrirlo.)

Un instante, querido lector: por ahora no escribo nada. Estoy callado para meditar acerca de un telegrama que leo en *La Prensa* y que me asegura no haber sido destruida por la explosión la ciudad próspera y antigua de Muchagente —Vielemenschen—, sino levemente dañada y tan poco que si hubiera explosiones de gigantescos arsenales que mejoraran las casas de las ciudades, ésta sería una. Hace tres días la ciudad voló; a la tarde ya la mitad había reaparecido y con la otra mitad o dos mitades más que se encontraron intactas ayer, resulta que el ciento por ciento de las cuatro cuartas partes gozan del orden restablecido y hoy tiene más mitades que antes. Los muertos por la explosión tienen de nuevo donde vivir y creo que hasta hay dos casas más: quizá una para mí y otra para el corresponsal de los telegramas. Yo no voy a viajar fuera de mi domicilio para ir a una ciudad de gran explosión postergada, cuando en este momento me avisan que está servido el desayuno. Viajar: uno está expuesto a hablar idiomas que no sabe, por no estar callado en alemán, que tampoco lo sé hacer. Además recibí una notificación del Ministerio de Policía recomendándome no ir al país para no aumentar la disminución de alimentos que abunda en toda la nación, Yo iba a contestar al Ministerio interpelante que no podía reinar el hambre en Alemania porque como república que era —según se advertía por la orientación de las calles y la costumbre de que los habitantes de las casas las ocupen por dentro—, ninguna entidad puede reinar en ella.

Pero pido al lector ayude a no meterme en incidencias. A veces se pierde la vida en un incidente, siendo la vida útil y los incidentes inútiles. Mejor es seguir practicando la longevidad, como lo hago yo desde la niñez, porque si bien la muerte mejora la reputación de las personas... Mas recuerdo que he suspendido el escribir hace ya mucho rato y si el lector se ha tenido cerca voy a explicarle lo que pasó con aquel golpe. Recordará el lector que al empezar este libro me di un golpe y tomé la pluma para detallar que por efecto de él —como el suelo está al alcance de todas las personas, no faltará al lector ocasión de verificar la exactitud del síndrome *a posteriori* de un golpe—, podré decir con solemnidad: los signos premonitorios o semiológicos de haberse dado un golpe, son: tumefacción en la región receptora, gran número de espectadores que antes estaban ocupadísimos a varias cuadras de allí, tres vigilantes a pitadas alternantes... (Estos vigilantes no pueden arrestar a un golpeado sin traer mucha gente.) Pero me temo que estos paréntesis van a cansar al lector más aún que si se tratara de un libro consagrado como la Divina Comedia o el Paraíso Podado u otra obra bostezable como las quejumbres de Fray Luis de León o del constante inocente Leopardi... Sin embargo, estoy con León: hay que huirle a los voluminosos dorados y artesonados y buscarse asiento alejado donde le caigan a otro (me acuerdo cariñosamente del prójimo) o entrar en salones donde ya se hayan caído o en el que el artista haya esculpido en el piso las peligrosas cornisas. El suelo no cae encima: es el mejor adorno de una casa y por eso en la Antigüedad, tiempo de las cosas bien hechas, se colocaba un suelo a los edificios haciendo juego con el techo y en dirección opuesta, de manera que el que penetrara —los edificios no son impenetrables en ellos—, tenía el gusto de ignorar continuamente si había puesto los pies —el cojo Agesilao ponía un pie y una muleta, y se le perdonaba cojear porque se había hecho querer— en el cielo raso o en el piso. Esto ofrecía la ventaja, nadie me lo va a creer, de... Pero se me ha olvidado esta ventaja: debo haberla leído en algo que se ha escrito y en el afán de pasarle el libro a otro no he retenido bien el párrafo. Lo que es difícil de retener es al lector: ¿por dónde andará ahora? Uno, al menos y sin pretensión, necesito cada vez. Al principio lo había conseguido y no he sabido cuidarlo. Es inmodesto, y quizá le incomodará, haber topado con el único libro en que solamente el autor habla. En lo que precede puede haberme desconceptuado, pero las próximas páginas me acreditarán de escritor agradable, nada genial ni erudito y muy conocido.

(Escrito en una aldea donde la recienvenidez, de solo una vez, no se le saca uno nunca. En Buenos Aires, que estima inverosímil haber vivido hasta los treinta o cuarenta sin conocerla, por lo que hay que sacarse pronto la recienvenidez tardía, todo el primera vez llegado, que conoce en los semblantes el mal gusto del no haber nacido en ella, se apresura a dar una instruidísima conferencia sobre «La Argentina y los argentinos» tres días después de desembarcado. Esto da resultado; se comprende que conferencia tan pronta y con tal tema no es la colosal fatuidad y entrometimiento ignorante que suele sospecharse, sino la ansiedad por quitarse cuanto antes la pátina de recienvenidez. Ser «recienvenido» en Buenos Aires ni por un momento se perdona; es como insolencia.)
(«Proa», 1923)

El accidente de Recienvenido

—Me di contra la vereda.

—¿En defensa propia? —indagó el agente.

—No, en ofensa propia: yo mismo me he descargado la vereda en la frente.

—La cornisa de la vereda —apuntó un reportero— le cayó sobre el rostro a nivel de la tercera circunvolución izquierda, asiento de la palabra...

—Y del periodismo —insinuó el accidentado.

—Que ha recobrado en este momento.

Y sigue redactando el periodista: El artesonado de la acera...

—No se culpe a nadie —propongo—... No, eso es para suicidarse.

—De mi pronta mejoría, quería decir. Ruego al señor reportero que figure algo en la noticia de «decúbito dorsal».

—No hay necesidad: los operarios tipógrafos lo ponen siempre. O si no, ponen: «base del cráneo».

—¿Se me dirá si me puedo levantar sin deslucir la noticia de un suicidio?

—¿Iban mal sus negocios?

—Nada de eso: la única dificultad ha sido el cordón de la vereda. ¿Puedo anotar oposición de familia a su noviazgo?

Otro insiste en que había mediado agresión y le ruega aclare si se interponía «un viejo resentimiento».

—Alguien, un desconocido desde mucho tiempo atrás para usted, avanzó resueltamente y desenfundando un cordón de la vereda Colt Browing se lo disparó.

En fin, Recienvenido empieza a sulfurarse y los increpa:

—¡Yo estaba aquí antes que ustedes y mis informes son más anticipados! Voy a darles un resumen publicable:

«Yo caí, fui derribado por el golpe de la orilla de la vereda; sin embargo, no necesitaba ya serlo, pues mi cabeza salió a recibir el golpe yéndose al suelo.

«Caí; fue en ese momento que me encontré en el suelo. Ninguna persona había.

—¡Estaba yo!

—Y yo.

—Y yo —dicen los reporteros.

—Muy bien. No imaginando que hubieran tantas personas en torno mío que me precisaran, invertí unos minutos de desmayo en estarme quieto sin apresuramiento. Cuando desperté, me supuse o que había recibido parte de la vereda en la cabeza, o que había leído algún capítulo de Literatura Obligatoria del Mío Cid o el Cielo del Dante. Rodeado, en las cuatro direcciones de la instrucción pública, N. S. E. y O., por infinitas personas en número de setenta que habían abandonado importantes negocios para formarme un cinturón zoológico suburbano, se llamó a la Asistencia Pública para que me trajera un vaso de agua que nunca llegó.

—Retardo de la Asistencia Pública —anota un cronista.

—Algo de delirio —otro.

—¿Me permiten? —siguió Recienvenido—. No obstante la falta de horario, el accidente es la única cosa que yo nunca he visto desperdiciar; el agua caliente, el fuego, desperdiciamos con frecuencia, pero siempre alrededor de aquél he visto a muchas personas que están juntando al accidentado, rodeándolo para que no se filtre y desparrame, formando un círculo tan perfecto como perfecto es el centro de él formado por la persona más o menos completa en el momento que ha tomado el papel de accidentado.

1922

Conferencia no anunciada de Recienvenido en el local de su accidente

Deseosos de ser «útiles a nosotros mismos y a nuestros semejantes», para lo cual nos han educado gratuitamente, dejamos ¿en pos de alguien, de la «bella desconocida»? a Recienvenido, bregando en medio de la vía por levantarse de su accidente. Autores como somos de muchas autobiografías exactísimas, hemos experimentado que aparece de tanto en tanto en las narrativas algún momento literario en que el escritor debe dejar a su protagonista: ese instante sonó ahora, cuando todo nos impulsaba a consolarlo, demostrándole que no se había caído sino que, miradas desde una ambulancia de la Asistencia, las personas que se quejan y muestran desgarradas las ropas parecen caídas.

Irritábase por nuestro alejamiento y la concurrencia de gran público que, llegado seguramente de otro punto, arribó no obstante tan pronto como si la ambulancia lo trajera por previsión gubernamental junto con los auxilios en vista de la morosidad del público no oficial, o como si existieran destacamentos de público apostados distributivamente en las proximidades de los lugares para accidentes, que acudirían en un instante a curar con su presencia a la persona que al final de una caída es atropellada por el suelo. La rapidez con que se improvisa una concurrencia en redor de un asesinado, robado o derribado, evidencia el esfuerzo de amor propio con que la población quisiera demostrarse superior en ligereza de piernas a la víctima.

En una caída de tres metros el piso llega demasiado tarde y daría tiempo al público para llegar antes del accidente, que es lo que merece una ciudad como Buenos Aires, pues es descrédito para una metrópoli de canillitas y futbolistas que cualquier común accidentado los supere en agilidad y llegue siempre al lugar antes.

Tal lo dijo en su exordio, en aquella ocasión de conferencista, Recienvenido, irritado por su desastre y tratando de humillar a la gente que se había agolpado a mirarlo.

Disertó así. «Deberes y Responsabilidades de un Público de Accidentes:

«Si os proclamáis habitantes de la ciudad que no solo vende más diarios sino que gracias a sus raudos canillitas los vende más pronto, y del mejor fútbol del mundo, no os hagáis nunca esperar de un accidentado y penetráos de que el modo de no llegar tarde será llegar antes del suceso. Esforzáos, por lo menos, en ser un público de las caídas que llegue antes que el suelo.

«Inmediatamente, vosotros que lo esperáis le diréis, lisonjeándolo merecidamente:

«—Crea usted, señor, que es la única persona que ha conseguido quebrarse una pierna en el metro cuadrado donde usted está. Muchos lo han intentado y nos han hecho esperar repetidamente, sin conseguirlo.

«Es admirable cómo de una vereda tan baja, en un suelo tan escaso y con una pierna tan pequeña, habéis conseguido una cojera tan completa y durable.

«Además, vuestro accidente tiene el mérito de que se ven claramente todos los elementos causales del suceso; tan pronto como os avistamos percibimos que el motivo ocasional de vuestra caída tenía que haber sido el hecho de haber, durante vuestro sueño de la pasada noche, soñado con bananas enteras; y como los sueños se realizan por mitad, ahora habéis caminado solo sobre las cáscaras.

«Añadiremos, para no haceros esperar más como conferencista y finalizando con un consuelo, que recientemente comprobamos que los públicos de accidente también se caen. Estábamos presenciando un desfile militar, desde las localidades altas de un gran árbol, cuando éste se viene abajo, porque resultó que lo que creíamos ombú había sido una planta de espárragos crecida morbosamente pero débil no obstante su magnitud.

«—"Os escuchamos respetuosamente" finalizaréis diciendo, y yo tomaré entonces la palabra.

«Me habéis halagado, alegrado tanto con lo que os atribuyo haberme dicho, que voy a recompensaros con tales manifestaciones, que, aunque fatigados de tanto abrir la boca, vosotros, virtuosos de la boquiabriencia, volveréis a abrirla de vereda a vereda, como suele decirse elegantemente, con lo que vais a oírme.

«Soy el marido "sintético". Los hombres por síntesis, como yo, estudiamos las importantes pequeñeces que el hombre por alumbramiento (y otros detalles) desdeña. Además, como lo habréis advertido, no soy el Hombre Invisible sino, al contrario, el Hombre Evidente, algo más raro, útil y difícil.

«Yo he estudiado la duración del tiempo que invierte un botón que se cae y pierde, en esconderse tras la pata de la cama hasta que se va su amo. Entonces se encamina a treparse sobre el techo del ropero. Este tiempo también lo estudié. Un botón, enseguida de extraviarlo, debéis pesquisarlo primero bajo la cama y solo más tarde sobre el ropero, pues emplea tiempo en esta ascensión.

«No os sobrevengo con la novedad de que se acabó el Infinito; ni la de que este mundo se ha combinado con todos los botones cosidos flojos como traje hecho (con lo cual uno se cree nuevo y lo creen nuevo); ni la de que el hombre que se ubicó en el vacío para vivir eternamente, se abanicaba. Ni siquiera os recomendaré que acepte cada uno su lote de ridículo, de antipatía. Ni disertaré sobre el Suspiro Irrompible o Los Anteojos de No Ver, ahumados.

«Soy un hombre módico que quepo en todo mínimo de todo caso y cosa: de las inmensas y graves cifras de finanzas, comercio y producción del número de fin de año de los grandes diarios, la única noticia que busco es la de que no se haya perdido la cosecha de "huevos de gallo".

«En fin, os comunico que así como el destino de los autos es la abolladura, el mío era desde el principio la longevidad y por el método de todos los longevos: seguir vivo. Pero otra cosa además de eso necesitamos los futuros longevos. ¿Qué he hecho yo de diferente del hombre común de corta o media vida?

«Yo creo que el longevismo... Ordenemos mejor la exposición.

«La corbata larga, de nudo con cuello duro doblado y apretado, que se lleve constantemente desarreglada, salida, empacada, es al mismo tiempo lo que conquista más pronto el amor y dedicación de toda mujer y la secreta causa del longevismo.

«No conozco a nadie que haya pasado por más tentativas de ahorcamiento por parte de los amigos y hasta de un transeúnte femenino cualquiera o de un mozo servicial de bar, que yo con esa corbata. No conozco a nadie que no haya sido turbado por las señas, invitándonos a un aparte inopinado, de algún empleado de tienda o de un transeúnte o mozo de bar. Era equívoco, era riesgoso seguir estos llamados. Acatándolos, al poco rato me hallaba afablemente tironeado de mi corbata (es el atletismo que no falta a las personas más endebles; un fuerte tirador de corbatas empacadas, torcidas, saltadas, voladas, derramadas o flojamente oscilantes, vive en cualquier frágil humanidad).

«Todos los que tienen latente vocación para verdugos de ahorcamiento se alistan inmediatamente ante una corbata desanudada y os piden os entreguéis, con atlético gesto; se apoderan de los extremos de la corbata y os la arreglan, desarreglando algo también.

«Y, sin embargo, la indemnidad contra los ahorcamientos es un seguro de la longevidad. Sobrevivir a una corbata mal anudada es el método de la larga vida.

«Sin saber estas cosas, nadie puede ser feliz. El que no las sabe es tan desdichado como un público callejero de bobos ociosos que no saben elegir entre uno y otro de dos accidentes que ocurren en el mismo instante en distinto lugar, por la anarquía o falta de concordancia de los programas para accidentes de ese día.»

Entre los papeles de Recienvenido no hemos encontrado continuación o final de esta conferencia. Sea porque lo que se concluyó fue el público, molestado por las intemperancias de Recienvenido, o porque a su conferencia le ocurrió también un accidente.

1922

El bastón de Recienvenido

Desde que dejé olvidado mi perro, colgado en una percha del vestíbulo o metido en el paragüero de una casa que visitaba, decidí reemplazarlo por una omatocompañía más inseparable, pues personas de mucho éxito en la retención de sus varitas garantíanme no recordar caso alguno de olvido de bastón, aparte de otros inconvenientes que no se promueven entre bastones en los vestíbulos y sí entre perros.

Tan positivo aserto me extrañaba. Simplifiqué rápidamente la situación mental para llegar a la verdad: olvido de comprar bastón, olvido de este mismo bastón y olvido de haberlo olvidado, porque la memoria de olvidar no hace distingos y el que olvida un bastón sería contradictorio que recordara haberlo olvidado y haberlo poseído.

Supongamos que yo (adoptemos la hipótesis en primera persona) he perdido o no un bastón. Si usted por ejemplo (adopte usted la hipótesis; es justo que usted también sea obsequiado con supuestos) presumimos que es mezclado con el pavimento por un automóvil...

Noto que usted es moroso en calzarse la hipótesis que le he brindado. Mientras espero que se la pruebe, lector, para ganar tiempo me ocuparé de otra cosa, por ejemplo de...

En fin, no pretendo sino que, como acabo de hacerlo, las diferentes hipótesis que por momentos exija mi relato sean turnantes, sin abusar asignándole a cargo de usted los peores supuestos. Además, como suministrador de todas las hipótesis de mi libro y como el lector de buen humor es el que ha hecho todas las reputaciones literarias, no haré caer sobre usted ninguna hipótesis cruel sino cuando note que, algo soñoliento, está completando la horita de sueño que le falta de anoche, libro en mano. Entonces mi hipótesis no será en su mente más que un ensueño sin consecuencias. Yo también conozco los mejores locales y oportunidades de completar sueño; un sueño abundante favorece mucho a la inteligencia, y es así que yo dormía tanto, por ejemplo cuatro horas en casa y tres en la Facultad, que llamaba la atención por mi despejo; hubo que inventar clasificaciones tan altas para estimularme, que yo las pasaba cómodamente por debajo.

Con mi sistema se aprende más que faltando a clase. Sin embargo, un día primaveral en que no asistí me resultó provechoso, pues supe tantas cosas de Juanita, la tercera prima de un mucamo vecino, que con los dos tercios de parentesco que éste no usaba me enteré más del Paraíso que oyendo la conferencia de Teodicea.

He aquí un prólogo cuya continuación depende del lector; se lo abandono. Pero el bastón, que con esta interrupción ya parece funcionar como bastón perdido, vuelve a nuestro asunto. Recienvenido lo había elegido de los más largos en una vidriera. La gran distancia a que estaba el regatón de la empuñadura, hacía llegar a su portador de una vereda a otra más pronto que sus congéneres comunes, y parte de la reputación de puntual que tenía Recienvenido se debía a esta virtud de su regatón, de llegar un poquito antes; era, en fin, la magnitud a que debía estirarse una varita de gusto, pues esas pequeñas que parece que no se llevan, o que a cada paso el caballero las alza de la vereda, distraen a los botines de su tarea, siguiéndoles una conversación como la del hombre de la esquina con el vigilante en el centro de la calzada a medianoche, que perturba a éste en su trabajo de no estar en su casa, único trabajo perfectamente continuo y por lo tanto delicadísimo que es dado al hombre efectuar. Cuando lo dejaba en un paragüero, no trababa pelea de perros con otros bastones, ni idilios con el pie de las sombrillas; le merecía tanta confianza a Recienvenido que a veces, en asunto grave, éste iniciaba su discurso diciendo: «Yo y mi bastón opinamos».

1922

El «capítulo siguiente» de la autobiografía del Recienvenido

De autor ignorado y que no se sabe si escribe bien Nota del Editor. (El autor también figurará escribiendo.)

Presentamos el más escrito de los ocho capítulos de esta obra, que no se cree haya habido quien la escriba, pues su autor era tan desconocido a los diecisiete años que es imaginable cuánto habrá progresado después, tanto más cuanto la precocidad fue la primera cualidad que adquirió; a los nueve años era ya casi un niño y a los once ya tenía un hermano que entendía a Bergson; lo que éste mismo no pudo nunca con toda la inteligencia que le consiguió su influyente familia.

Tan es así que si tan es así no fuera todo lo que de él se sabe no se ignoraría todavía. Como desconocido es el más completo que haya sido encontrado con vida en la historia desde el pasado hasta una semana próxima que tenga días; más adelante no se sabe lo que sucederá y limitamos nuestra aseveración a lo pasado y al retazo de porvenir que está inmediatamente detrás de una próxima salida de «Proa» (no he leído a Bergson pero lo escribo regular, como queda probado); fieles a «Proa», el formato de porvenir que nuestra inteligencia alcanza a columbrar no pasa de ahí, un día más y no sabemos nada. No venimos tan bien informados como Mahoma que llegó exacto el primer día de su era; si arriba un día antes no tiene dónde acomodarse en el tiempo.

Tenía el porte y los rasgos de fisonomía de extremo parecido a los del héroe desconocido y pudo ganarse la vida lo mismo que este funcionario europeo, si no fuera que lo diferenciaba un desaire héchole por la Naturaleza: la pronunciada curva en la espalda, que dicen algunos era una pulmonía de repuesto que llevaba. Admiten otros que su torso presentaba ese martillo a favor, por efectos de excesivas lecturas; no porque lo que uno lee se le gane allí cuando no sirve para la cabeza, sino por descuido de su postura en el acto de consumir renglones.

El preámbulo, que hasta aquí era corto, virtud que no le va a durar, no podemos apagarlo todavía. Tenemos que decir que con el mismo trabajo que se tomó el autor para hacer esta autobiografía pudo decirnos algo de su propia vida. No nos dejaría así, tan completa como si nos la hubiera prometido, una ignorancia erudita y sin compostura ya de sus vicisitudes y carácter, que pasamos a editar bajo evidentes dificultades. Nuestro autor es verdaderamente incógnito; si no fuera que Shakespeare tiene ya con quien se le confunda, sería una satisfacción ofrecérselo para ese propósito. La lectura de sus obras no nos procura base para juzgar sus talentos de escritor; ignoramos siempre si cumplía años, si nació disgustado, si mejoraba de las enfermedades o moría cada vez; si su vida se prolongó hasta el fin de sus días o pudo la ciencia hacerla concluir antes; si disputó que su deceso era prematuro o se puso del partido de la concurrencia mortuoria que «lo lamentaba», por tardío; si por extremo de puntualidad se presentaba siempre en el lugar de la cita un cuarto de hora antes de llegar o al contrario tenía reputación de ser el primer en llegar tarde, a casa del dentista u otros locales de distracción; si se conocía cuando tosía o nadie lo oía por tratarse de tan famoso desconocido; si logró que el porcentaje de horadación de su inteligencia por obra de las buenas lecturas y las instrucciones pública y universitaria fuera menor que el soportado por jóvenes más respetuosos, como yo, por ejemplo; si donde se le invitara a comer (iría yo; ¿es extensiva la invitación?) agrandaba los agujeros del mantel que circulaban cerca de su mano para investigar hasta qué dimensión podían abrirse los ojos de la dueña de casa ante ese espectáculo exasperante y luego la mortificaba diciendo que: agujeros mejores y de color más sufrido que éstos se vendían en cualquier negocio, donde había, además, jabones para lavar de agujeros los paños, y cepillos para echarlos fuera del mantel junto con las migas. Su conversación de sobremesa la efectuaba debajo de ésta (debajo de sobre es imposible: debajo de mesa) gateando, molestamente interesado en recolectar los agujeros que no habían dado en la bandejita de migas; y luego remiraba todo alegando que el más surtido de ellos no estaba en ninguna parte, lo que metafísicamente era indefendible; según la hipótesis más plausible y festejable, debía haberse zafado por dentro de sí mismo y desaparecido; de lo que no se responsabilizaba. La señora se aprovechó, vengativa, de la debilidad gramatical incurrida por nuestro íntimo desconocido: ¿Dónde está su gramática, hombre de Dios? ¿Cómo puede un agujero solo ser surtido? Yo lo he visto surto junto al botellón y después no lo vi zarpar.

Esto último y algo anterior pertenece a lo que no se sabe de él y lo insertamos como muestrario de la variedad inmensa de cosas que somos capaces de idear para rellenar una existencia de contenido ignoto; es prueba también de que si algo más ignorábamos de él lo haríamos público. Las más adelantadas excavaciones que se hacen en las bocas de sus vecinos no dicen en qué ciudad o barrio vivió y solo han completado nuestro desconocimiento con la información de que él mismo no se conocía: ante un cobrador del gas Recienvenido se extasiaba tanto como la Compañía por saber quién era el Recienvenido que conseguía deber, más pronto que el más diligente vecino, tres meses de gas en un momento; y se internaba en su busca, corría a llamar a Recienvenido.

Cuando vuelva tornaremos a tratar de él. Si se llega a saber que algo más puede ignorarse de él, nos apresuraremos, hágase a un lado, lector, que podemos atropellarlo a comunicarlo; no consentiremos que se nos supere en la ignorancia que nos hemos labrado pacientemente a su respecto ni en la prontitud en difundirla. Si supiéramos que tuvo por únicos amigos a Mark Twain, Sterne y

Gómez de la Serna «buenos criollos» todos y que procuraron ser contemporáneos para visitarse con más frecuencia, no lo ocultaríamos; y no disimularíamos que, quizás enojados, Sterne y Mark Twain se sentaron en la primera vereda del otro mundo a esperar a De la Serna a quien el público retiene en la inaplacable aspiración de greguerías que es leer de él, atento solo a su propio gusto, sin considerar que Ramón no halla quien le prepare risa, cocina y no come, guisa y no sisa y tanto como se queda, tanto se le espera, del otro mundo en la primer vereda.

Lo advertimos porque quizá la lectura no lo dé a ver; con la presente obra entendemos hacer el lanzamiento, la primer entrega, la soltura, despavorido lector, de la inesperada y acreditada Literatura Confusiva y Automatista, de lectura fácil (de omitir), en la que se espera tanto... del lector, de su originalidad; inaugurámosla en vista del reducido resultado de la otra, cuya perdición se preveía, desde que el público se obstinó en utilizarla principalmente para lectura —a veces sus lectores tenían un volumen en las manos y otro en la oreja; y encendían el uno en el otro. Todos sus defectos se hicieron públicos así; ocasionáronse desventajosas comparaciones con el papel en blanco y sobrevino la nostalgia de esta clase de papel, que debe haber existido alguna vez toda una hoja en blanco de papel parece haber sido encontrada inmediatamente encima de la torre de Babel, del Arca de Noé y del descubrimiento de América, en ruinas, y que habríase de volver a inventar como el agua en un cabaret. Dejemos esto y sigamos viviendo, me digo. Y concluyo.

EL EDITOR.

He aquí el mencionado capítulo. El desagradecido autor lo precede de una nota originada por mi prefacio, cuya palmaria injusticia inclinará hacia mí al lector, sobre todo si se encuentra a bordo de un buque de compañía tempestuosa y el barquinazo de una ola me lo echa encima. No me mortifica su publicación. Es muy gastado, y nadie hace caso, el recurso de notas y explicaciones.

Heme aquí, por fin. Surjo únicamente para que no se me confunda con cierto Editor. Soy solo el autor de un manuscrito encontrado. En tan modesta calidad no debía deparárseme, no me convenía, un inagradecible editor grandote, de voz resonante, a cuyo lado deba yo pasearme por la publicidad, como me ha resultado con éste y como le sucede a ciudadano rebanado y menudo, presumido y pulido, a quien le llega amigo rural, hombrón estentóreo aumentado con grandes botas, que parece haberse calzado dos galpones de su establecimiento; y tócale hacerle conocer la ciudad y divertirlo.

No se me suponga partícipe en la facción de esa nota. No tiene más propósito que expedir una apretada serie de chistes indoloros y calmosos, mal acertados y ni siquiera ajenos: imposible otro autor de ellos; recolectados y guardados por años, metidos y yuxtapuestos a la fuerza, uniformados con el traje de chistes de familia, que los imprime, ya tan reídos en casa, que no les queda qué sacárseles por lectura. Y hay que ver cómo los festeja. Es seguro que no le ha quedado ninguno; antes de diez o más años no vuelve a hablar: hoy mismo habrá comenzado la nueva recolección.

Lo de imaginada nueva literatura es cosa de desesperados; no la conozco y no me gusta.

Si lo hubiera animado el deseo de favorecerme, sabe perfectamente que, por ejemplo, soy el inventor del paréntesis de un solo palito; de la solapa desmontable contra solistas (es una solapita artificial, de gran sencillez, que sustituye parte de la solapa natural, que nace con el saco, de gusto agradable y fácil digestión). Caramba: estoy confundido con un invento higiénico que proporciona la longevidad, por nonagenaria que sea la edad del que usa el remedio por la primera vez. Es un medicamento, que quién sabe por qué y felizmente para la humanidad, no se puede conseguir gratis, fácil de destapar y verter, que suplanta el extremo libre de esa orejita o solapa que tienen los sacos...

(¡Ah! un error feliz: ahora estoy en el invento de la solapa que debía tratar primero) que tienen los sacos y de la cual se apodera el solista experto, desengañado de la fugacidad del hombre abordado en la calle. Una vez posesionado de vuestro saco el solista ya no hace caso de vos; se limita a hablaros pero no necesita miraros. Al contrario, escudriña la calle atisbando otro candidato para cuando se le apague el actual y entonces desmontáis la solapa, la atáis al buzón que se suele parar en esa esquina; y... ese tranvía que pasa es el que os lleva adonde marca su itinerario, tan bueno como cualquier otro.

Inventé los cuellos de camisa iguales a los otros, pero que se pueden llevar en los bolsillos o dejarlos de usar; como Intendente tuve la visión de la supresión edilicia de las esquinas con lo que concluyó la plaga política que se apoya en sus paredes. ¡Extirpación tan completa constriñó a las niñas a dar vuelta a la manzana, en el balcón únicamente, con la moral a vista de sus padres! Doté de dos veredas de enfrente y de rumbo Norte Sud que es el más vistoso, a todas las calles y cuando este rumbo tan solicitado se agotó...

Supongo no habré dado motivo al lector para cavilar si la desmontable de mi invención, sería extensible a los solistas escritos.

Recuerdo que en las primeras experiencias con la desmontable, el atacante quedaba con el trozo de solapa en la mano tendida, como quien ofrece una muestra de género y por fin le pegaba una estampilla y la echaba en el convincente color rojo del buzón: porque la tiesura, redondez y sinapismado color de un buzón concluyen con cualquier vacilación. La perfecta necesidad de una solapa para entablar un «solo» la comprendí ya a causa de no haber visto en las calles que se entablara con un caballero desnudo; y preví el infalible efecto de una desmontable. Los «solos» de viva voz extinguiéronse; se refugiaron en las imprentas originando aquel gran renacimiento literario, cuyo partero creo fui, y al que contribuí también con mi autobiografía de recién venido; se dijo de mi libro que nunca había sido escrito antes, tan extraordinario pareció. Pero tampoco nunca fue leído después, porque la suma seriedad que se apoderó de mí al redactarlo dio a mis primeras páginas un tono tal de tercer tomo y «continuará» que aquel lector que con solo perseverar la lectura dos páginas, recuperó el sueño, sonó que aún no había empezado a leer la «Autobiografía» (tanto era su sentimiento de bienestar), fundando su ensueño en que no recordaba nada del primer tomo: las perseverantes trescientas páginas que seguían se las hubieron con un lector dormido.

Quédame por computar las cosas desagradables que me atribuye el Editor como invitado social. La apreciada señora a quien alude, muy al contrario, nunca me habló con desagrado; ni volvió a invitarme a comer, pues era de mucha memoria y no necesitaba mi presencia para recordarme siempre.

En cuanto al agujero que yo buscaba era uno que me había hecho en la mente una reciente lectura; ya entonces continuaba escribiendo Maeterlink, precursor de Bergson, Boehme, Novalis, y otro caso de memoria excesiva; ya también Leopardi había descubierto la maldad humana; y... todavía no había quejas de mí: nadie había empezado a leer lo que sigue.

(«Proa», 1924)

El capítulo siguiente

(Pequeña nota del editor)

Señor Director de «Proa»

¿He acertado con el señor Borges? ¿Con el señor Güiraldes? ¿Con el señor Brandán Caraffa?...

Y bien, soy el más obsecuente dirigido de usted y congratulándome del acierto con que inicio el día pues su dirección en «Proa» es la que siempre prefiero leer, me redacto por su atento servidor y comienzo con estas palabras:

¿Qué se me dice, señor Director? ¿Parece que «Proa» está bastante lázarocosta y que entre este número y el próximo podrá circular holgadamente la eternidad? Si a «Proa» la hubieran hecho darse vuelta, concluida su primera existencia podría ahora empezara vivir del lado del revés. Para leer de este lado yo preparé a los lectores con aquel trabajito de metafísica, y cuando en octubre se vea en todo detalle lo que es un número no salido, esmeradamente abstenido, se sospechará por qué no publiqué juntos el artículo y su comprehensión, reservando ésta para los ejemplares que por turno se alternarán en no aparecer hasta un desconcertador último de la no existencia invariable de «Proa», que se hojearía doquiera con el afán y la certeza, firme en todo ente sensible, de que el «ser» es la única posibilidad, de que la muerte se vive también y tanto.

Yo traía completamente empezado el prometido capítulo y entraba a la Redacción cuando Editor me alcanza a medias con la voz y me detiene todo con el brazo que le sale de ambos hombros. «Proa» no sigue, me dice, hase decidido que el último número no contenga nada de género «siguiente»; sino solo conclusiones y abstenciones, a fin de que la entrega postrera tenga catadura al mismo tiempo de última y de no salida. ¡Su gran Capítulo Siguiente hágalo doler en otra Revista...! Así me aturdió y distrajo dejándome en la puerta, fallida mi esperanza de una publicación sin «nota» suya...

¡Qué hombre pesado! Para bien que se calle habrá que dejarlo decir. Agradecido a tal tolerancia condesciende en llegar al estado de inacción oral al final; antes de eso no hay silencio posible sino el ajeno. Francamente la noticia me sobresaltó como un café con leche derramado y ya que se ha derramado yo le sacaré un provecho a la comparación que no se esperaría de una catástrofe tan «completa». Colectando con la cucharita algo de azúcar y de líquido hago a usted mi Director una pregunta: ¿Los números que no aparezcan serán más fáciles de dirigir o al contrario será como cuando un «completo» se hace mantel y las puntas líquidas avanzantes animadas de un gusto sin prevenciones por todas las posiciones y rumbos del espacio se tienden tan prontas y divididas que no hay que pensar en dirigirlas, tanto más cuanto que, lo primero que han hecho es suscribir vuestro pantalón claro a su acontecimiento y preparar una semana de prosperidad para las tintorerías en todos los trajes vecinos, a cuyo socorro hay que acudir ante todo? Invariablemente, he notado, se ataca la inundación con denuestos, pero en la nerviosidad del momento se asestan con trémula puntería y no tienen eficacia para contenerla. Es un verdadero incendio, señor Director, en que no se sabe nada del fuego.

Pues, deseaba mucho informar a la Redacción que la publicación de aquel fragmento de Recienvenido en «Proa» me ha valido grandemente, atrayéndome numerosas órdenes o encargos de rellenar vidas desconocidas por mérito a la especialidad de mi aptitud probada en dichas páginas.

Varios parientes de personas ignoradas me han requerido para biografiar a éstas. Pero a menudo sus estimadas órdenes llegan deficientes en datos acerca de las personalidades de existencia y parentesco con ellos ignorados, y debo prevenir en general que aunque muy gustoso solo podré satisfacer sus pedidos si, como mínimo, se me concreta el dato del lugar y fecha en que no se supo que existieran. Así no correré el riesgo de confundir un desconocido con otro. De otra manera con un solo desconocido tendría para todos los solicitantes. Con este aviso me apago y soy de usted amigo y atentísimo seguro servidor.

EL EDITOR.

Sobreviene dicho capítulo

Aniversario de Recienvenido

No sé si por algunos excesos de conducta o por observancias poco estrictas en mi régimen de vida cumpliré en breve cincuenta años. No lo he efectuado antes porque cada vez que impacienté el tiempo, adelantando algún acontecimiento, me cambiaron uno bueno por uno malo. La elección de un día invariable de cumpleaños me ha permitido conocerlo tan bien que aun con los ojos vendados cumpliría mi aniversario.

Alguien dirá: ¡Pero Recienvenido, otra vez de cumpleaños! ¡Usted no se corrige! ¡La experiencia no le sirve de nada! ¡A su edad cumpliendo años!

Yo efectivamente entre amigos no lo haría. Mas en las biografías nada más exigido.

Otros juzgarán que el anuncio de mi próximo aniversario va encaminando a incitar a los cronistas sociales para recordarme con encomios. «Nadie como el señor R. ha cumplido tan pronto los cincuenta años»; o bien «A pesar de que esto le sucedía por primera vez cumplió su medio siglo el apreciado caballero como si siempre lo hubiera hecho». Alguien con algún desdén: «Con la higiene y la ciencia moderna, quién no tiene hoy cincuenta años». «A su edad no tenía mucho que elegir.»

En fin, lo cierto es que nunca he cumplido tantos años en un solo día. Nací el 14 de octubre de 1875 y desde este desarreglo empezó para mí un continuo vivir. La autenticidad de mi condición de solterón en ese momento fue indiscutida, pero yo le añadí el malhumor que la distingue, pidiendo inmediatamente en el idioma que no tiene filólogos el Libro de Quejas. Cuando me lo facilitaron tres meses después en una sacristía, me había olvidado de los motivos de protesta fuera de que no habían dejado espacio en el sucio, malhadado y gran tomo los que se habían quejado primero. Puse mi nombre y la fatuidad de tenerlo me distrajo de reflexionar que aquél era el «Libro de Quejas», de la vida.

Este fue mi punto de partida y la fecha que escogí para mis aniversarios. Pero la serie de mis cumpleaños ha sufrido recientemente una variante.

Hace cinco años conocía a la mamá de un amigo rosarino y vine a saber que...

No lea tan ligero, mi lector, que no alcanzo con mi escritura adonde está usted leyendo. Va a suceder si seguimos así que nos van a multar la velocidad. Por ahora no escribo nada; acostúmbrese. Cuando recomience se notará. Tengo aquí que ordenar estrictamente mi narrativa porque si pongo el tranvía delante de mí no sucederá lo que sucedió.

Ahora continúo. Me había trasladado a Rosario para hacer anotar en el Libro de Patentes, invento por medio con otros dos inventos míos, uno nuevo (recordará usted que soy inventor y esto justifica ciertos estados de intensidad intelectual a veces parezco dormido en estos paroxismos durante los cuales mi libro no adelanta nada, como habrá usted advertido). ¿Nota usted que continúo? Pensando en ello en mitad de los rieles del tranvía, iba yo a redondear teóricamente un procedimiento automático para limitar la prestación del fuego de los cigarrillos que me había encargado la «Compañía de Fósforos ya Raspados», cuando sin ninguna dificultad un cochemotor me embistió cerca, pronto y todo. Como yo no abandono un pensamiento tan adelantado, media hora después salía de la Asistencia con mi invento completo y vendado.

No interrumpí tampoco mi cumpleaños, que era ese día. Mas conducido por un amigo a su casa de familia, festejábase en ella el onomástico de la mamá; y tanto fue lo que se conversó que la señora y yo vinimos a entender por qué el día de nuestro aniversario nos había parecido siempre tan estrecho, a causa de que lo ocupábamos dos personas con el mismo suceso. En el acto de mi pronta imaginación percibió que había allí algo que pensar y patentar.

Tengo desde entonces con la señora una combinación, por resorte de la cual debemos ocupar alternativamente el 1.° de octubre para día natalicio, a cuyo efecto ella me avisará cada año si le gusta ese 1.° de octubre. Yo recomiendo mi combinación aunque hasta hoy no me ha dado provecho; desde entonces la señora no ha expresado su opinión por ningún año ni siquiera por ensayar el procedimiento: probablemente teme que falle.

La cláusula del aviso fue un error; y además siempre será prudente combinar con personas formales. De todas suertes desde dicho pacto desapareció de mis cumpleaños aquel malestar muy parecido al que se experimenta cuando a uno lo están leyendo en una revista que ya con ese número ha salido del todo.

Por eso me esmero aquí en cesar y aquí apago yo también que ya es tarde, y aún más tarde que ahora; y es fineza que el lector estima, madrugar el concluir y yo gusto de naufragar con quien navego[2] y no yo en otro barco; asimismo huyo de asistir al final de mis escritos, por lo que antes de ello los termino.

Y no hay escrito mío en que no me acuerde al Fin de la comodidad del lector (si no se la buscó ya él) que en todo Proa no estamos haciendo otra cosa. Le preparamos el total de su comodidad: dejamos de aparecer; y así, de una sola vez, hacemos más por él que con doce números seguidos. No habíamos pensado antes en este modo de divertirlo... Que si lo pensáramos antes del primer número... Otra vez haced las señas más claras, señores lectores: cuando íbamos a salir con la presente revista parecíame que las señas que nos hacíais eran las de salir. Porque las hacéis como no las queréis, diremos imitando a sor Juana Inés de la Cruz.

(«Proa», 1925)

2   Concluir con la revista Proa que concluía.

Confesiones de un recién llegado al mundo literario

(Esforzados estudios y brillantes primeras equivocaciones)

Tengo que asentar las siguientes observaciones y otras no menos siguientes que me comprometo a que se me ocurran.

Con motivo de la carestía de los cigarrillos, éstos se han puesto más baratos, y para que parezcan menos cortos, los hacen más largos. Para una persona que por primera vez es un recién llegado, esto le confunde de tal manera que le entra el sentimiento de que lo están viendo por la calle desnudo saliendo de una sastrería.

No es menos cierto que existen insomnios que afectan al mismo tiempo la facultad de dormir y la de estar despierto; y, lo digo con toda la seriedad del hombre durmiendo, para elegir entre dos coqueterías, óptese por la peculiaridad de ser un gran dormilón, porque es factible aparentar dormir aunque fatigoso, y no es fácil aparentar estar despierto. Aquí se sabe (por los diarios, como todo) que una persona que ha sido despertada durante un simple cuarto de hora, por la caída del techo sobre su cama, o por el paso sigiloso de un gato por la pared que debería tener el terreno de enfrente, y continúa durmiendo de seguida hasta que la desayune alguna sirvienta, no dejará de proclamar por todo el día siguiente, el infalible día que cuelga de cada noche por su extremo Este; «No he pegado los ojos esta noche». Obsérvese lo que es la obra de insomnio: quita el sueño en torno nuestro y a veces al mismo paciente.

Cuando un día anterior es precedido de un siguiente, contando desde adelante, ocurre una separación entre los dos practicada mediante una noche, intervalo de faroles, tropezones y comisarías, que muchas personas ocupan en preparar un conversación sobre insomnio, para las personas de su familia; hay quienes hasta durmiendo piensan en los suyos.

Recién llegado por definición es: aquella diferente persona notada enseguida por todos, que llegado recién a un país de la clase de los diferentes, tiene el aire digno de un hombre que no sabe si se ha puesto los pantalones al revés, o el sombrero derecho en la cabeza izquierda, y no se decide a cerciorarse del desperfecto en público, sino que se concentra en una meditación sobre eclipses, ceguera de los transeúntes, huelga de los repartidores de luz, invisibilidad de los átomos y del dinero de papá, y así logra no ser visto.

   («Proa», 1922)

Los amigos de la ciudad

En los vendavales lo primero que vuela, sin desanimarse, con toda regularidad, son los techos; más fácilmente cuando la población termina por todos los rumbos en casas. Si no hubiera sino edificios centrales, muy mitigado sería este desorden, así como es cosa segura que la supresión de la delantera de los autos imposibilitaría a los transeúntes de darse contra ellos y estos vehículos serían usados solo por dentro.

Sin ninguna pretensión difundo estas informaciones. Pero sí es cierto que me halago de poder comunicar lo siguiente:

En cierta localidad por influencia de un municipal cuyo nombre no os perdono equivocar pese a mi modestia, organizóse tan bien el desorden de partida y de llegada de los techos en las tempestades que todo perjuicio se anuló, pues si bien es cierto que no pudo impedirse que estos preciosos adornos de las habitaciones se alistaran, como siempre, de los primeros en la subversión del viento, se les había podado con medida tan exacta los aleros anualmente, junto con la poda de árboles y por el mismo personal municipal tan experto, que las azoteas expedicionarias ofrecían el espectáculo de un trabajo inútil, dado que iban cayendo sobre las casas cuyo techo acababa de volar, reemplazándolo tan bonitamente, que la familia ocupante no notaba interrupción alguna en el servicio de techados.

Cuando la circulación de techos se daba por terminada, quedaba, naturalmente, destechada la primer fila de casas y descasada la última línea de techos, algunos de los cuales podían haberse asentado sobre una vaca o un peral, sin provecho comparable al que procuran cubriendo casas. Entonces por un movimiento municipal envolvente se hacía girar los techos dispersos, en una hermosa curva hacia atrás hasta que cayeran sobre la fila de las casas destapadas; a veces una tormenta del opuesto cuadrante lo hacía todo. Solo una vez se tuvo inconveniente con esta preparación sabia; y fue que los techos de aquel municipio eminente volaron injustificadamente, engañados por un remesón de terremoto que creyeron vendaval y usurpando por error el turno de los cristales, que son los que deben romperse y desordenarse en los días en que corresponde terremoto.

La hábil fórmula de municipal preocupación que rememoro, tuvo particular premio por obra de un vecino rico y agradecido, quien regaló a la urbe un bosque; la municipalidad dispuso dotarlo inmediatamente de arbolado, pues nuestra comuna no aprobaba otro decorado, con fondos oficiales, que el constituido por plantas y no era congruente que el bosque, nuevo bien municipal gratuito y valioso, careciera de este ornato invariable de calles, plaza y jardines.

(«Martín Fierro», 1925)

Boletería de la gratuitad

No obstante lo muy concurrida que está siempre esta deliciosa boletería, he podido abrirme paso y he comprado, gratuitamente, la siguiente información, que os doy a precio de costo: En todas las ciudades, aunque nadie lo haya gestionado, hay un abogado más alto de estatura que los otros; pero en Buenos Aires, donde el suelo muy bajo favorece las estaturas, hay el abogado más alto del mundo, gran amigo mío y muy buen compañero, es decir, hasta la altura de los hombros, que es hasta donde lo conozco y soy su amigo. Es un caballero y debe ser bueno, aunque yo no lo acompañe, en la demasía hacia arriba. Es tan alto que podría su cabeza tropezar con su propio sombrero puesto. Pero no se dude por esto de que con los pies llega hasta el suelo, como me lo han preguntado algunos; es allí donde comienza nuestra amistad y la posibilidad de entendernos.

Pues bien, en Córdoba donde por la elevación sobre el nivel del mar, a los viajeros de Buenos Aires el piso les llega hasta las rodillas, por falta de costumbre, no tenéis idea de la preocupación que pesaba sobre Buenos Aires cuando este abogado crecía (fue él quien me mandó a Córdoba en 1900, con una misión por 2 días, los que yo le di a elegir, a mi vuelta, entre los 32 que me había quedado) y no comprenderéis la emoción de alivio que corrió en nuestra capital cuando los telegramas de los diarios serios anunciaron «que el doctor N. ha cesado desde esta mañana de crecer».[3] Esta noticia fue confirmada hasta la seguridad, y llegó a mí en Córdoba cuando yo me hallaba casi a punto de aprender a usar el suelo cerca de las suelas. Como yo vivía en la preocupación de que llegaría un momento en que se haría imposible escalar la amistad y el trato

3 Originalmente figuraban las iniciales H. B. V., que eran las del Dr. Horacio Beccar Varela.

con mi amigo, mi alegría fue tan fuerte que cambié por 7.ª vez de hotel en Córdoba y me olvidé de diversos pagos prescriptibles. La línea de hoteles que yo había escogido para acreditar con sucesivas traslaciones mi propósito de regreso, partía del centro hacia la estación ferroviaria, pero como todos ellos estaban en Córdoba yo telegrafiaba: «No puedo regresar porque todavía estoy en Córdoba». Así que cuando me encontré con el doctor N. en Buenos Aires no necesité darle ninguna explicación. Por otra parte, al encontrarme de nuevo con un suelo tan bajo, mi fatiga para recobrar pie me hubiera impedido especificar explicaciones. Durante un mes no podía estar conversando con nadie sin hundirme en la conversación, empezada a nivel; y la tarea de bajarme las rodillas para no quedarme en el aire me imposibilitaba toda atención y cortesía.

Han dicho algunos que solo una cabeza tan cerca de las nubes como la del doctor N. pudo concebir la idea de mandar abogados a Córdoba. Otros insinuaron aquí que yo tuve la habilidad de que mi último hotel fuera el más próximo a la Estación y al agotamiento de mis recursos pecuniarios, coincidencia no casual.

Así se alteran las cosas con el tiempo; otro día tendremos para rebatir esto.

(«Pulso», 1928)

Despererzo en blanco

En aquellos tiempos pasados tan lejanos que no existía nadie, pues nadie se animaba a existirlos por lo muy solitarios que eran para toda la gente, y además, no se podía pasar ningún rato en ellos porque carecían de presente en el cual todos los ratos están contenidos y otros además, pues como estaban perdidos en la «noche de los tiempos» no se veía dónde estaban; lo que impidió alojarse en ellos, todo lo cual lo sabemos por la Paleontología tan conocedora del pasado como ignorantes nosotros del presente, en aquellos tiempos que las personas más ejercitadas en la vejez recuerdan olvidar, nuestros pies eran cascos y el hombre inteligente les dio un amparo que no necesitaban, rodeándolos de botines por la parte de afuera, acomodo que nunca habían conocido, pues hasta entonces habían pertenecido al mundo exterior y no sabían lo que era ser ellos una cosa de adentro de nada; por el contrario, se caracterizaban y se les reconocía por hallarse siempre disparados y lo más distantes posibles siendo lo más alargados, externos, salidos y correcalles que hubiera, además de su singularidad eterna de ser un artículo par, y andar obligando a todo a ser par, como par de medias, par de botines, a diferencia de la nariz que se basta con un arco de anteojos, puesto encima para ser impar. Es comprobada la constancia de los zapateros que nunca han variado de ocupación siendo ellos siempre los que hacen los botines y han aconsejado su colocación en los pies como la más cómoda, muy superior a la costumbre nunca usada de llevarlos en una valija o en el bolsillo. No son los peluqueros pues los que hacen todo incluso botines, como pretenden hacerlo creer por su peinado y la conversación que dirigen a la cabeza del cliente como para llenársela por si está vacía. Si usasen la conversación partida al medio como su inimitable peinado, tendrían para dos clientes a la vez, mas como cada cliente tiene otro artista para él en ese momento, un fuerte sobrante de conversación fluiría hacia la puerta del negocio y correría por las calles, teniendo su manantial en las barberías y su cauce en la calzada, que según indica su nombre, es jurisdicción de los zapateros.

No veo otro camino para que los peluqueros invadieran, como tanto lo han deseado, el oficio de aquéllos, logrando hacer brillar su arte en ambos extremos anatómicos. Por otra parte, el peinado es una manera de pensar por fuera de la cabeza, por lo que debieran sentirse orgullosos los artesanos que tomando la navaja al dejar las tijeras, nos tienen tan acobardados y sitiados como para despojarnos de nuestro cabello sin protesta ni intento de fuga.

Pero volviendo al asunto inmediato que no olvidaré un solo momento, quería enseñar que si las durezas plantales originaron los botines, éstos están haciendo nacer tantas que pronto volveremos a la dureza única. Es, pues, un círculo el progreso y la espiral de Goethe no condice con el piloso principio y el coriáceo final de la anatomía humana.

(«Proa», 1922)

Un artículo que no colabora

Desde los tiempos cuando los jilgueros volaban hasta los en que se tuvo gobiernos capacitados para postergar con urgencia cualquier asunto y especialmente la hora de los eclipses solares, que a veces por descuidada combinación de los astrónomos preparadores caen en instantes en que solo pueden disfrutarlos los trasnochadores más próximos, se me viene solicitando de «Martín Fierro» un artículo breve o que yo sea breve en un artículo. (La preocupación de «Martín Fierro» por sus lectores no reconoce límites; pero nada lo hará feliz, pues por nuestra parte el límite de los colaboradores no reconoce preocupación.)

Me costará pena por estar fuera de mis hábitos, aparte de ser cosa notada que siempre seguimos la misma costumbre que hemos cambiado. De mi agrado ha sido que los artículos parecieran breves; mas tras múltiples pruebas resulta que el lector no se atiene a la apariencia; los desea efectivamente cortos; solo así los ve breves. Artículos que duren poco, ¡qué gente de sueño fácil!

Por diminuto que sea un trabajo debe empezar. Pero los Directores no lo entienden así; no pueden ver que un artículo empiece. Es un alarmismo tal que solo se tranquilizan de que no será largo si uno les promete no comenzarlo.

Todo lo que puedo es empezarlos cortos. En este esfuerzo he logrado hacer de mis primeros cuatro renglones una reconocida notoriedad de brevedad. Está debidamente codificada entre todos los lectores del mundo la regla de ausentarse después de la cuarta línea; a esta altura yo cuando leo, suspendo; cuando escribo, sigo, pero justificadamente, pues la brevedad ya la he satisfecho al principio.

Me parece que yo hago como todos (dicen que el tartamudo cree que todos son de su tartamución. Me gusta más el dicho «el ladrón cree que todos son de su condición», porque es aconsonantado; y es un placer tan grande leer «ón» y unos segundos después otra vez «¡ón!». Solo así el dicho contiene sabiduría). A la altura en que autor y lector cesan de acompañarse puede escribirse ampliamente. Y está tan bien acomodado esto de no pasar del cuarto renglón, que ningún lector sabe que desde la línea siguiente no hacen otra cosa los autores que hablar mal de él.

Así, pues, es inútil el empeño de los señores Directores de «Martín Fierro». Después de la cuarta línea no hay nadie a quien proteger.

Por lo demás, yo distrayendo a ambos Directores, al uno con los jilgueros y al otro con el eclipse, he logrado que sin oposición este artículo quedara totalmente empezado.

(«Martín Fierro», 1925)

Artículo diferente

En los días en que toda la literatura es: «Señor, habiéndose derretido la ley de alquileres, prefiera usted, desde hoy, en esta su casa por ésa mi casa, pagarme 80 pesos más, etc.», me dirigí a «Martín Fierro» pidiéndole me aumentaran espacio para los escritos. Con tal mala suerte que se me contestó mandara solo artículos cercados o sea contenidos por un cerco y que tuvieran la solución cerca, y, además, que ocuparan un solo lugar. De modo que no he podido saber qué gusto tiene un aumento, cuando toda la población lo sabe. La comunicación de los directores no dice si avisarán cuando estén de mejor humor; no usan postdatas que alegren. Si insisto me van a prosperar hacia la calle.

Así que, estimado lector, hoy no publico más que la mitad de lo que se ve aquí.

Toda persona que haya estado en este mundo sin techo y con moral, redondo en esta semana y que no sobra por ningún rumbo, habrá redondeado, en día de soberbia, el pensamiento de haberle tocado solo a él nacer del lado en que las tortitas tienen azúcar, que es frente mismo adonde sobresale la manija del planeta que «gira alrededor de sí mismo» si pudiera yo girar en torno de mí mismo me repasaría la espalda del sobretodo al retirarme de cada pared; y viendo que este mundo no es como los días jueves que alcanzan para todos, sino corto, de economizar, que se consume por donde lo gastan, disfrutándolo el que llega primero que no son todos tendería su mano afanoso a dicha manivela en procura de dirigir el globo hacia donde él está; si bien esto es algo imposible en mecánica estricta hallándose la persona y el mango en un mismo sistema de coordenadas. Pero las «recomendaciones» son la genuina cuarta dimensión que se busca, y en mecánica laxa, interesándose personas de influjo se le cepillaría la incongruencia a mi proposición. Un sobreviviente de las conferencias de Einstein me garante que esto es todo lo que le entendió; me confesó dicho amigo que él asistía con el plan de entender; de modo que no hay nada que dudar en el asunto; ni se puede discutir cuán enojoso habría sido para Einstein conocerle semejante plan. Sigo aquí porque es donde debe continuar un artículo diferente.

Siendo esto así y lo demás de otro modo, es casi seguro que las continuaciones alargan los artículos y también que todo hombre creyó alguna vez tener en su poder la manija de este quejadero redondo y que no hay en Buenos Aires esquina tan larga que permita esperar en ella todo el tiempo necesario para catalogar cuantos proyectos se le ocurrirían a tal hombre de lo que haría y desharía con el mundo, en que nosotros estábamos tan tranquilos. De mí sé decir suerte que me tengo ahí hoy y aquí; sino no sabría nada de lo que piensa una persona en tal emergencia que hallándome en esa afortunada prerrogativa imprimiría a dicha manivela impulsión tan brusca y bajo tan exquisito cálculo de direcciones, que saltarían del planeta las 298 morales, las 1.413 religiones, las 921 superioridades de raza y nacionalidad, y los 198 motivos de envanecerse de haber nacido en algún punto (¡qué trabajo me dio formular tantas cifras variadas, sin repetir centenas ni decenas!), cuyas despedidas entidades encontrándose y fundiéndose compusieran un grumo que tapara el agujero de entrada al mundo de la infatuación y la mala voluntad.

Ahora, considerado lector, espérame en esta esquina, que vuelvo enseguida: tan pronto como me haga millonario y haya entendido al tiempo como forro del espacio, según Einstein. Si tardo más de lo imputable a estos motivos, será porque estaré buscando el farol de nuestra ciudad a cuya luz sea fácil comprender por qué razón hemos creado una civilización de privados sexuales, de prohibidos; tardando todavía será que mi solapa está en manos de un partidario de Debussy frente al Odeón, o porque estoy pasando lentamente de la teoría luética a la parasitosis, como nuestro genial clínico, o porque estoy frente a la bobería en mucho bronce de Rodin, procurando adivinar en qué piensan los músculos del «Pensador» (¿es Dempsey o no es Dempsey? Los pensadores son más friolentos; éste se saca la ropa para poder pensar).

En fin, en un país de pastores, con diez generaciones de dieta cárnea, en que se permite comer remedios y se prohibe comer carne, hay mil motivos de entretenerse con tal que uno no se entretenga delante de una vidriera de frigorífico, quizá porque éstas, afiebradas por el tráfico, han dado también en atropellar.

(«Martín Fierro», 1925)

Carta abierta argentino-uruguaya

(Señor Redactor a quien se encargue la molestia de leer esta colaboración de ausente en la sinigualada Revista Oral. Dirá usted primero, si le parece, unas palabras como éstas:)

Nuestro redactor Fernández debía darnos el editorial de este número. No lo hace, por causal que en carta aduce, y pide que en recompensa del trastorno que nos ocasiona, le publiquemos, en primera página, como editorial, tomándonos la única primera página de que disponemos, una urgente carta abierta que desde hace meses está apurado en publicar pronto. En ella hay un buen espacio en blanco, porque desearía que en él insertáramos su fotografía oral con modificaciones favorables, pues dice es la única fotografía que anticipa los rasgos que presentará su fisonomía en un porvenir cercano, cuando él será más joven. Antes, nunca dejó blancos en sus artículos ni en las entrevistas y reportajes que se le hacían, porque el periodismo los aprovecha para perjudicar a los escritores con la sospecha de haber estado callados un instante, y también revelan que ese instante no solo fue de silencio incapaz sino de mortal vejez, insertando allí el retrato sin esperar a que uno sea más joven. Termina su carta continuando con esto: «Amigo: le recomiendo mi edad; apresúrese a tenerla: es la época en que se puede vivir sin chistar, y en que se nos distingue, chistándonos, al pasar por algunas veredas y ventanas, lo que usted no conseguirá nunca si no cambia pronto de edad; y de retrato, como yo».

No nos queda otro remedio que lamentar la ausencia que le impide asistir y abrir la carta abierta, lo que haré yo a su ruego, y la leeré también, pues Macedonio es analfabeto: por descuido de su familia solo se le enseñó a escribir sus Obras completas que será el primer libro que publicará pero no a leer.

La urgente carta, pues, que después de meses de escribirla pronto —en tales meses de prepararla ha conseguido Fernández la práctica necesaria para hacerla pronto— no tiene un minuto que perder: será leída enseguida, y escuchada al mismo tiempo, para no perder momentos.

Es dirigida al Director (los Directores también se dejan dirigir) de una revista semanal de gran circulación 130.000 de tiraje, tres ejemplares menos que la Revista Oral con motivo de atribuírsele en ella a Macedonio Femández por error la nacionalidad uruguaya.

Señor director de una revista:

Nada tenía de qué alegrarme cuando comprando la revista de su mando en uno de los quioscos donde las prestan, veo transcripto un producto de mi ingenio que protuberó a cierta altura de columna de la amable Martín Fierro. Un estudio grave y retirado (de entre los escombros) acerca de la súbita declinación de la Arquitectura (de El Tropezón)[4] con citas bien confundidas de Ruskin, Cornisay Flatacho. El material de estas referencias era tan valioso que se podía ganar dinero rematando la demolición de mi escrito. Asimismo era breve; artículos mucho más cortos ocupan dos columnas: el mío solo la altura de caerme de una. Esto era todo: no tenía adiciones, pues en el suceso de aquel derrumbe quedaron tantas sin pagar que se ha hecho hábito no abonar añadidos literarios.

Seguramente que la publicidad en vuestra revista me lisonjea y contenta siempre que no me paséis una cuenta extremosa, atento a que me falló el pedido de $10.000 que hice al Congreso, en compensación de cuyo socorro me comprometía a permanecer ausente del país hasta mi regreso: intriga fácil de explicar si digo que soy el único habitante que se ha impuesto la absorbente ocupación de

4 Famoso bar de Buenos Aires, derrumbado sin víctimas.

cumplir todas las leyes dictadas cada semana, lo que me da aire tan triste y desbaratado que constituyo para los congresales un espectáculo lacerante, irrisorio, un asedio de remordimientos y malos recuerdos de tanto legislante disparatar. Por cierto me fue grato verme transcripto, pues, además, ello comprueba dos agradables propiedades de lo literario. Por tal reproducción descubro: que todavía soy autor de dicho artículo, condición que no sabía durara tanto, y que los artículos sirven para dos veces y más y se parecen, entonces, al levantarse de la cama que con una valiente vez por la mañana basta para el día entero; o al apagar el candelero (no nombro la vela porque no se usan ya) que soplando bien un tiro no hay que seguir de soplador, cual con el fuego; o como el silencio de los tartamudos que no es salteado cual su habla sino tan liso, seguido como el de los bien parlantes y si no se empecinaran en hablar nadie los conocería como a un bizco que duerme.

De esto no se hable más y siga usted con lo mismo. El caso es que como la publicación suya me convenía yo la hubiera tenido oculta cual buena suerte de egoísta. Pero en revista de máxima difusión de nuestro país uno de los millares de lectores se lo dijo al otro (sin lo cual este otro, por más lector que fuera, no lo habría sabido) y se propaló cierto error vuestro: se me atribuye nacionalidad uruguaya, lo que vengo corriendo, en tren perdido (tal es el apuro y apartándome de la respetada práctica de no viajar en él) a rectificar antes que lleguen las protestas de Montevideo.

No tengo de uruguayo más que la circunstancia de haber vivido siempre en Buenos Aires, pues empleo no consigo ninguno, aunque desde muchos años lo solicito; y seguiré hasta que sean veinticinco años. Entonces me jubilaré de pedirlo: mi vacante será muy disputada porque la competencia para pedir empleos no es aptitud exclusiva mía; a nadie le falta; solo sí el empleo.

Hace quince días de lo comentado. Sería yo de los uruguayos más jóvenes; pero es tarde para nacer. Es cierto que he estado en

Montevideo, Soriano, Fray Bentos, Canelones, Tacuarembó, Mercedes, sin contar otros departamentos en que no he estado. Pero era solo de paseo: no de nacer. Muy muchacho, en Pocitos, me mordió un caballo el hombro y casi me extrajo así de encima. Qué animal paciente: tironeaba y seguía tirando, pero como era tan largo (caballos tales debían alquilarse con itinerario impreso para consultarlo en apuro de desmontar; es difícil hacerlo de memoria en tal apuro), entre los dos no conseguíamos salirme de él. En Ramírez me puse a buscar aire en un pozo bajo el agua y saltaba hacia la superficie, pues no encontraba sótano al líquido; hice esto tantas veces que un testigo viendo que con ese tejemaneje yo saldría de todos modos a flote, me sacó. Es la única vez que se me ha visto sudando por ganarme la vida, pero malamente, pues me encaprichaba en respirar en el momento menos acertado, siendo que nunca había parado atención en esta función del organismo que ahora me entusiasmaba. La natación era mi talento; tan metido con el agua que al rato no se me veía, nadaba, nadaba hasta que me salvaran; inventé el braceo náufrago. En Mercedes dediqué todas mis temporadas al caballo: nunca he andado tanto a pie. Allí una muchacha más bien fea me dijo tilingo. Otra señorita, de nombre Mecha, me besó. Este último sistema ¿con quién lo habría aprendido? me pareció bien; busqué a la primera y se lo comparé: se quedó reflexionando, a mi juicio derrotada.

Mas, por todo esto no soy uruguayo; es exagerado. Nací tempranamente; en una sola orilla (aún no me he secado del todo) del Plata. Me encontraba en Buenos Aires a la sazón; era en 1875: fue el año de la revolución del 74, como después tuvimos un año para la revolución del 90. Pocas personas han empezado la vida tan jóvenes (si hace cincuenta años ya era tanta mi juventud ¿cómo no lo sería mucho más la de Alcibíades hace 3.000 y qué extraordinario puede ser que las bellas se enamoraran de su perro?). Durante un minuto fui el americano de menos edad; y creo que ya en ese instante oí tres himnos a Sarmiento y Rivadavia fundó las escuelas. Es verdad que de esto quedé algo sentido hasta hoy.

La orilla era la derecha yendo al centro; sirve igual que la otra, y los que vienen de Europa la llaman izquierda hasta que se familiarizan con el idioma; pero es la misma. Cierto que se consultó al Uruguay si haría objeción a que naciera yo allá. La respuesta no pareció entusiasta; no decía que sí o que no; exigieron datos sobre mi carácter e ideas y por fin el gobierno uruguayo escribió: «Por nosotros no se preocupen: están ustedes perdiendo el tiempo: ya podía haber nacido».

¿Qué se temía de mí? Yo no traía intención de daño a nadie, a ningún empleo ocupado; no portaba ni un cortaplumas; y hoy con todo lo que he leído y cursado, no soy tan inocente como aquel día, tan inexperto en nacer que fue preciso llamar una señora experta que lo hubiera hecho muchas veces. ¡Oh, qué mal momento! ¡qué molesto! ¡qué peligro de vivir! No encontré una persona conocida. O me tomaban por otro. Nadie que dijera viéndome aparecer: «¡Esa facha yo la conozco!» ¡Oh, fue angustioso! No lo volveré a hacer. Y no se lo deseo al mayor enemigo: (el hombre que saca un papel de 10 pesos para pagar el tranvía, poniéndonos súbitamente tristes a todos pues sabemos que el guarda se volverá hacia nosotros aparentando alguna esperanza y nos solicitará cambio). No es cierto lo que se dice que yo enseñé a los techos a lloverse, a los llaveros a quedarse en el pantalón que cambiamos para salir al teatro: y al que no puede pasarse decantar con mucho sentimiento, en los ómnibus, la tabla de multiplicar de Pitágoras colgado de la correa (y por otra parte no me parece poema dicha tabla). ¡Oh! ¡yo no duermo de ese lado!, no sirvo para lector de soniditos. Cervantes, Gómez de la Serna, Estanislao del Campo, Poe, me tienen despierto. No nombro a Quevedo y Mark Twain porque no me conviene y en los momentos en que uno no sabe dónde ha nacido se le confunde también el nombre de sus inspiradores.

Pero, aunque solo sea por ociosidad, examinemos, sin ocuparnos de lo que perdería el Uruguay, qué ganaría yo con nacionalidad nueva. Veamos: ¿cuántos tomos de Historia es la del Uruguay? Aunque solo sea la 5.ª parte que la de acá no me le atrevo. ¿Cuántas batallas, valor indomable, aniversarios, centenarios, cincuentenarios de genios y patriotas? ¿Allá se usan también las diabetes, reuma, los sustos, como casos de «muertes por la patria» y cambio de nombre para las calles? ¿Las pensiones son para los contemporáneos del héroe, que tuvieron que soportarlo, o para gente que nada le padecieron, como acá? ¿Quién es el Sarmiento para himnos de ustedes? ¿Se inunda el arroyo Maldonado también allá? ¿La esquina de Callao y Rivadavia es allá como acá peor que una consulta de médicos? (se debiera dar en el acto, en el Molino, un banquete a la persona que la cruza sano y salvo una vez, partiendo de la Plaza Congreso y alcanzando a llegar a dicho banquete).

No; no voy; digo, no soy. Además hay un puntito de sentimiento en mi determinación. Lo trataré bajo el título de Una novela que comienza. Allí se verá que al presente vivo en una espera romántica indeclinable que debe suceder en Buenos Aires. Es verdad que caballero tan de nacimiento confundido, es de alegre esperar y puede aguardar lo bueno debajo de una cornisa que se traslada.

Soy del señor Director con vivo aprecio.

M. F.

Noticia: El que sí es uruguayo es el buenazo de don Juan. Pero se muda; ayer lo vi con un paquetito. Unas quince veces por año cambia de domicilio y manda decir a sus amigos: El cambio de domicilio que ocupo ahora es calle Lavalle 1025. Para eso no usa equipaje; cuando lleva un paquete o los bolsillos abultados está de mudanza. En junio salió de Libertad 443; en agosto volvió a Libertad, pero no al 4.º piso donde antes, sino al 5.º Doña María, la del 4.º, supo que estaba en el mismo edificio pero ignoraba en qué piso.

¡Será posible, exclamaba anoche acostada, que no me haya visitado ni dicho a qué piso vino! ¿Dónde se habrá metido don Juan? No sé si lo tengo arriba o lo tengo abajo, yo que conocía tanto su...

Este don Juan, tan buen amigo, figurará y estoy seguro que observará una alta moral, en mi cada día menos evitable romance, si para entonces vive; pues mi novela no admite sino a vivientes so pena de confundirse con la Historia donde los muertos lo hacen todo, se lo llevan todo por delante. En dicha novela repetiré alguno de los chistes aquí intentados, pues espero llegar a un extremo de garantía y seriedad de mis bromas, ensayándolas en varias reiteraciones; además, así se entretendrá algún exigente en originalidad, quien descubrirá que una idea mía es de Sterne o Rabelais, cuando no habrá sido tomada de allí sino de mí mismo, de la primera vez que la dije; en el estado de repetición se parecerá textualmente a la idea de Sterne, pero antes se parece a la mía de la primera vez que la copié, porque es tan escasa la originalidad que hoy no queda otra que la de primer copista de autor nuevo; «primera copia» es un subgénero sancionado de la originalidad.

(«Martín Fierro», 1926)

Primer número «plateado» de la Revista Oral

No venimos, señores, porque hayamos creído que nuestra «Revista» auricular no se oía hasta La Plata; ni porque una brusca interrupción en el servicio de no haber tranvías en Buenos Aires —la acumulación de muchos en una cuadra los hace no haber, y da gran prestigio y velocidad a las veredas— nos haya llenado de preferencias por la abundancia de no haber tranvías en La Plata —solo que allá esto sucede únicamente a las ocho de la noche y en Corrientes y Suipacha, hora y paraje que podéis conocer leyéndolos en nuestros poetas cuando cantan a la aurora y el arrabal, con toda la emoción de lo ignorado y de la ausencia, que tan elocuente hace siempre al hombre—; ni porque en este momento falte en Buenos Aires la comodidad requerida para dedicarse a la tarea de que Marinetti llegue —sépase entretanto que la estadística, ordenada por nuestra comuna, de las personas que empleaban su tiempo en que esté llegando Marinetti, resultó operación impensadamente morosa, y no porque fueran muchas esas personas, sino (es mi opinión) porque a los ocho días de comenzada todavía no se había encontrado a la primera, y se procura prolijamente no comenzar el recuento por otra, porque después habría que empujar toda la lista de las ya juntadas, para hacerle lugar ordinal a la primera.

Una nómina de todos los motivos que no han sido el de nuestra venida sería preciosa y en todo el mundo habría ansiedad, tanta que hasta se olvidarían de estar ansiosos. Sería, seguro, extensa; más aún, tendría que enumerar todos los posibles motivos de un acto, menos uno: el de nuestra visita. En verdad confesamos que hemos hecho, que tenemos esa lista. No os asustéis: no la leeremos. Alberto Hidalgo desafió a que él era capaz de hacer, en un momento, cualquier cosa interminable, y la concluyó efectivamente.

Es tan cierto: que uno de nuestros redactores, que ama con delirio a Buenos Aires y considera de inmenso mal gusto pagar por alejarse de ella, no quiso comprar boleto de venida; y lo tapamos con la lista mencionada municipal de esperadores de Marinetti que era un pliego muy grande en el trayecto para evitar distracciones con los inspectores. Pero tenemos que llevarla, para taparle el regreso a ese redactor porque, apenas nos encontramos con vosotros y pisamos vuestras diagonales, comprendió dicho redactor que es también de insufrible mal gusto pagar por alejarse de esta bella ciudad del pensamiento, de lo joven, de la expresión de vigilancia por el alma.

Sean éstos los alicientes que crearon motivo a nuestra venida y que nos harán retornar cada vez que nuestra esperanza idealista ansíe tibieza de hogar. Está es hogar para el alma.

Breves seremos: traemos más qué escuchar, que de decir: un público de privilegio como vosotros debe hablarnos cuanto antes; por primera visita impreparada, seremos breves, y yo el primero, para oír cuanto antes la sugestión de vuestro vivir de inquietud.

Salud.

Editorial de regreso de la «Revista Oral» de Córdoba

(Leído por otro, no habiendo podido asistir el autor)

No necesita explicación mi presencia aquí, señores, pues que esta falta; y espero que seréis con ella indulgentes, considerando que no se ha producido. Puedo demostraros punto por punto que corristeis casi todo el peligro de tenerme en Córdoba; y no hay que fiarse en que no estoy, como si fuera fácil conseguir mi ausencia, tan solicitada, ni os enorgullezcáis de que «dicho señor Fernández» no esté en Córdoba, pues en ello no os he dispensado ninguna particular preferencia. Hoy, excepto Buenos Aires, toda ciudad argentina ofrece tal aliciente, y aun creo que mi ausencia se ha extendido a puntos del extranjero, en que jamás he estado, por efecto del concepto que de mí se difunde.

Notaréis que he cambiado novedosamente el texto usual de las personas que faltan. Ellas hasta hoy creyeron siempre que les urgía disculparse; solo alguna muy inteligente llegó a dudar si era la presencia o la inasistencia la necesitada de ello. Constituís, pues, el primer público del mundo al cual no se molesta con esa fatigosa ficción. Ello no contradice que concrete la causal de mi ausencia. Estriba ésta en que he sido mortificado por una insinuación que la Dirección de la «Revista Oral» tuvo forzosamente que hacerme, de que una pequeña parte del público de Córdoba, en unanimidad con la parte restante, exigía, para acogerme con entusiasmo, que yo diera garantías concretas de mi regreso a Buenos Aires, a cuyo efecto me ha sido estipulado por la Dirección que yo haga y firme el editorial de regreso.

No comprendo cómo se recuerda en Córdoba que la vez que vine (hace treinta años) por dos días, y fui recibido por todas las casas de la ciudad las que ya entonces encontré todas edificadas, pese a las jactancias de la municipalidad actual (yo no sé nada, pero supongo que se jacta como todas las autoridades comunales), coloqué inhábilmente estos dos días de quedarse al final y no al comienzo de unos treinta días de no quedarse, que me habían recomendado; me quedé treinta y dos días, período formado todo de penúltimos y últimos días según las cartas y telegramas de convencer la familia que yo redactaba entonces diciéndole «Ya he regularizado mi demora», «Partiré tan pronto concluya de demorarme». Frases como éstas, en el centro de un telegrama, efluvian un sentido clarísimo y tranquilizador; a mí me parecía que yo había llegado a «tiempo de demorarme» y quería gozar el fruto de este género de puntualidad. Por cierto que los diarios anunciaron «que se encontraba entre nosotros el conocido don Macedonio García y que este señor López seguramente quedaría pocos días (seguían otros elogios)» y se me deseaba larga permanencia dentro de la semana.

Y bien, señores, pongámonos tristes, meditemos. En aquellos tiempos no obstante mis pocos años yo era ya joven y, por lo tanto, rico en sentimientos, viviendo internamente en dolor y placer, era, como todos los jóvenes, materialista y cientifista. ¿Puede tener algún sentido en boca de un joven la fe materialista y cientifista, el agnosticismo, aún la creencia en la muerte personal, la creencia en la casualidad del mundo, en la casualidad o contingencia de nuestro advenimiento individual a él, la creencia en el progreso, que degrada el pasado y valoriza neciamente el porvenir, infatuándonos de ser posteriores al pasado y agitándonos de no estar en ese privilegiado porvenir, la creencia en la ciencia, que declara que este mundo es casual y casual nuestra presencia en él, y que sin que tal punto de partida la paralice se entrega a predecir todo el porvenir manejándolo por tanto como un pasado y fija causas a todos los fenómenos de este mundo que pudo o no existir y en el que por tanto la ciencia pudo o no sentarse a dictaminar?

En aquel tiempo yo era socialista y materialista. Hoy soy anarquista spenceriano y místico. Es cierto que entonces mi poder intelectual era mucho mayor que hoy, pero es cierto por otra parte que hoy mi sensibilidad, mi contenido psicológico cotidiano es mucho más pobre y por tanto mucho más fácil de estudiar en su misterio, en su calidad metafísica, pues todo estado sentido, por insignificante en duración o intensidad que sea, representa la totalidad del interrogante metafísico.

Es posible que en orden a lo sociológico me encuentre equivocado, es decir, que mi casi completa incredulidad en los beneficios y necesidad del Estado sea inadecuada a la faz social de la psicología del hombre.

Pero en mi actitud mística me siento seguro; y por intermedio de la revista «Clarín» u otra publicación de Córdoba me complacería exponer su defensa, ya que considero que no pudiendo responder a todos los dolores, confusiones y oscuridades del alma de los jóvenes, que es de lo que habría querido ocuparme en este editorial, pues la juventud no me parece contar con los amparos y la atención a sus problemas sentimentales y acomodo práctico que debiera hallar preparados para ella en el cuerpo social, y yo quisiera acudir a su consuelo (como anhelé claridad y estimulación, cuando joven y sufriente, de algún fuerte pensador y honesto, de entonces) con la exposición más cuidadosa y completa posible de la verdad y necesidad de la actitud mística. También la beldad civil, o sea la Libertad, el Estado Mínimo, que es mi otro tema u obsesión, será otro de mis tópicos.

Se despide de vosotros por ahora, dejando el haber venido para otro día.

Inauguración n.º 42

(De la «Revista Oral»)

Hemos acertado denominar así nuestras sesiones, para impresionar de responsabilidad inaugurativa el tono de trabajo de los redactores, mientras meditan los agudos estudios que les exigimos. El nacer solo una vez, aunque a nadie le está de más, y dura y no se olvida en toda la existencia, no rige para las ideas, que viven de rejuvenecimientos no de continuidad. A ellas les conviene la inanticuable palabra «inauguración». La inauguración cotidiana nos gobierna sin alusión oficial e inflexiblemente llamaremos última inauguración a nuestro postrer número, que aún no ha salido, si bien tenemos ya de él infinitos pedidos y las personas lo quisieran ya. Habrá que aguardarlo; es siempre el que más se tarda y por culpa de su morosidad rara vez escapó a una colocación de las más postergadas en el orden de aparición.

La emulación pública por tener pronto en las manos el ejemplar auditivo que concluirá con la «Revista Oral», es una grata señal de su perduración, y de la nombradía que algunas de nuestras familiares y gustadas firmas ya gozaban, a veces por el solo hechizo de no haber escrito nunca; pues los que no publican tienen un público rarísimo, quizá el más vivaz y curtido, que hace justicia a este género de autores; mientras la crítica vacila y se confunde, ese público no duda que si el prudente hombre no escribe, de su mal se está precaviendo.

No incurriremos en la innocua recienvenidez de disimular que la preferencia por suscribirse solo al último número, nos tuvo corridos de ridículo unos días. La posible socarronería de los pedidos nos escocía tanto que, fundadores, redactores, administradores y cobradores de la «Revista», en suma todos sus admiradores, nos turnábamos diligentemente en excusarnos de atender en persona al cliente futurista. Pero la exaltada demanda era de buena fe; los pedidos eran sanos, encaminados a darnos ánimo, garantiéndonos al menos una extinción a gran tiraje. Debíamos tener semblante de no ser capaces de llegar, sin ayuda, a dejar de aparecer; de que por no saber cómo se consigue hacer última a una edición, continuáramos después de ésta; o cesáramos antes de dejar de aparecer.

No será así; correspondiendo al favor del público apresuraremos esa edición que dichos adelantados suscriptores futuristas prefieren deprisa; pero así como supimos particularizar entre todos sus números un primero no dando ninguno antes de él, concluiremos por un número, y será tan próximo, y conocidamente último, que contendrá relato del, para entonces completamente ocurrido, fin del mundo, tantas veces empezado por los astrónomos sin concluirlo ofreciéndonos solo un fin seguido, cuando a un metafísico le es tan fácil como hacer piar a una incubadora brindarnos un fin absoluto que puede competir en duración con un añadido de las docenas de terminaciones de mundo juradas a telescopio.

Debido a las escaseces que siempre se enredan a las fundaciones, nuestra revista ofrece la debilidad de que después de todos sus renglones no dice nada, lo que la descuida de incompleta como todo lo que acaba. El ejemplo de cómo algunos grandes diarios han salvado esta dificultad, con números del domingo, que no terminan, nos esfuerza a reparar la imperfección. Mas entretanto nada disimularía tan bien la pasajera limitación, como una conversación generalizada con el público, acerca de teoría del arte, situación del profesionalismo artístico local, orientación del gusto popular. No parece que otros temas, aparte de lectura —no recitado— de obras inéditas, fueran indicables en un recinto tan precario y consideradas todas las circunstancias.

Nuestra Revista, no obstante su modesto ser en la inmensidad de actividades de la publicidad, es la única que ha logrado «hacerse oír»; y esta especial manera de atendernos, que el público no concede ni a los grandes diarios, nos obliga a corresponderle en calidad. Y nada es calidad como la largueza de juicio frente a la variedad de gustos, maneras artísticas, buscas espirituales, y la libertad.

Somos todavía un país sin manías; es la impresión más amable del ambiente argentino y esto es lo que llaman chatura de nuestro vivir los que se adietan a lo europeo. Hasta hoy, ni la gestación de una manía se percibe en nuestra nada recelosa convivencia. El primero que nos traiga una, hará insondable traición a nuestro espíritu con el éxito de una pestilencia. Somos, por sencillo efecto de nuestra momentánea y moderada holgura económica —pues ninguna nación gozó nunca de un bienestar material muy alto o duradero; una fuerte graduación de pobreza es la norma de todos los países y épocas— somos uno de los grupos humanos, por hoy, más inteligentes y benevolentes, dos cualidades que también tienen su normal histórica de parquedad. Suele ser antipático oír explicar la inteligencia y la bondad por el índice económico; no puedo ahora argumentar mi tesis y quedaré pues, provisoriamente malquistada con algunos jóvenes oyentes; quedémonos con las ganas de querernos mejor ellos y yo en favorable oportunidad.

La menor inteligencia promedia de algunos europeos frente a la nuestra se revela en juicios errados, injustos acerca de nosotros; y nuestra mayor benevolencia, frente a la de ellos, se revela en la tolerancia con que los dejamos decir. Si los diez millones de habitantes de la Argentina produjéramos intelectualmente lo que un promedio de diez millones de habitantes de Europa, no produciríamos nada y llamaríamos la atención del mundo como una sociedad humana singularmente escasa de mentalidad. Pero los 450 millones de moradores de Europa tienen una productividad mental conjunta que fácilmente impresiona, sin embargo de ser proporcionalmente acaso exigua hoy. No diríamos lo mismo de la

Inglaterra de hace sesenta años, la Francia de Voltaire, Lavoisier, Laplace, Rousseau, Lagrange, Lamarck; de la Alemania de 1860, de España del siglo 16. Ya hicimos salvedad de lo pasajero de las superioridades y sus causas.

Con un promedio insignificante de 6 millones de población en los últimos cuarenta años, hemos tenido a Estanislao del Campo, como cuya frescura de inspiración y firmeza de gusto, Europa pocos ejemplos tiene entonces; a Hernández; a Sarmiento; Vélez Sarsfield, Wilde; Alberdi; a Mitre, genio de la ciudadanía y de la construcción de civilidad, superior a insignes estadistas por su desapego a la posesión pecuniaria y su familiaridad con todos los afanes del pensamiento; a los dos Ameghino; Muñiz, los Ramos Mejía; a Juan B. Justo, economista sociólogo eminente y prosista magistral; a Martín Gil, hombre de ciencia celebrado, músico y prosista excelente; a un bufo de genio como Florencio Parravicini que en un instante y para veinte años desalojó a los profesionales europeos de comicidad teatral rutinaria; a biólogos como Julio Méndez y clínicos como Castex y cirujanos como Chutro; a pintores que han triunfado en Estados Unidos y en España. En música tenemos la deliciosa floración continua de nuestros tangos, que a veces contiene más música esencial que muchas atléticas óperas, «suites», «conciertos», que ostentando desdén por lo popular no tienen más valor que el prestado por alguna de esas magníficas «tonadas» del pueblo español y del italiano meridional; tenemos excelentes instrumentistas en guitarra (María Luis Anido), violín (Allardice White) o un ejecutante crítico como Luna. ¿En política habría alguien genial a quien nombrar? Etc., etc. Lo que sucintamente propongo a vuestra evocación para retemplar vuestros esfuerzos en los precedentes de nuestra fecundidad en el pensamiento y el arte.

¿Y la novela actual, la lírica, la crítica? Aquí estamos ante el problema que debíamos plantear y que queríamos preparar con la digresión precedente.

Creemos que no tenemos nada genial en prosa, crítica y verso; ¿la Europa actual la tiene, aunque muchos gesticulen de genios por allá? Pero brillan aquí: en Arte, una genialidad: la del gusto estético de nuestros artistas; y en algo atañedero a la Literatura: en el periodismo argentino hay genio.

El exigentísimo gusto artístico de nuestros talentos, más pronto y severo, y la inferioridad, comparada con él, de sus obras, componen un misterio.

La genialidad de nuestro periodismo; el amparo, aunque utilitario, que un periodismo vigoroso ofrece al literato, aunque sea como sostén provisional, y la inferioridad de las obras literarias, componen otro.

Nuestros literatos llevan al periodismo páginas geniales, a veces, y no nos dan un libro magnífico. ¿Cuál es la explicación? La celebrada «alacranería» de nuestros artistas es la resultante precisa, nada injusta ni envidiosa, de la excelsitud del gusto y de la medanía del libro del literato argentino.

¿Cómo explicar esto último? Y considérese que aludo, con la calificación medianía, a obras que con una firma francesa serían notablemente encomiadas y vendidas, porque los europeos son inteligentes y los hijos de europeos parece que no.

Nada más puedo decir, porque me falta el especialísimo estudio necesario y solo me he atrevido a una expresión personal de asombro ante ciertos extremos que he señalado.

Os dejo contaminados con estos problemas de que adolezco.

II. Brindis de Recienvenido

La oratoria del hombre confuso

Leído por el poeta E. Fernández Latour en el banquete en que el pintor Pedro Figari fue congratulado a inspiración común de Martín Fierro y Proa.

El uso de la palabra es travesura que me ha costado una contrariedad por vez. Favoreciéndome certera y prontamente como el tratamiento que dejó de seguir el extinto con el efecto de que el encontrarme en casa luego paréceme recuerdo de resurrección: un bienestar de sobreviviente tras malestar de persona que está naciendo. Solo aquellos de nosotros que han nacido pueden pasarse de explicaciones acerca de la minuciosidad con que estuve revisándome para certificarme si mi totalidad contaba todavía con un porvenir, si mi presencia en el hogar era completa y tal que pudiera sostener mi voz en el tono autorizado con que debe pedir el vaso de agua y de ánimo al delantal de la mucama de sueldo atrasado un muerto interrumpido o un interrumpido de morir. La primera vez de cualquier cosa debiera venir después de unas cuantas; para evitar contradicción en los términos, bastará trocar su designación numérica por una algebraica, llamarla alfa. Yo no lo pensé, y me dirigí sin ensayo a la señorita que pasaba (para que una señorita pase es preciso estar sentado a una mesita de bar de las que en verano se salen a la vereda: allí estaba yo y en ese mismo bar) y le dije esta sola palabra «Leve como velo de nube del pincel de Figari; bella como el acertar con un asiento lleno de uno mismo en un tranvía lleno de otros; ojos negros como la pena del que no los ha visto, ¿por qué tu andar te aleja de mí si bastaría detenerlo para que la latitud de nuestra separación cesara de crecer!...». Pensaba extenderme satisfactoriamente sobre las consecuencias geométricas que fluían de la posición recíproca especial tan bien preparada por mis palabras, cuando un golpe, rectilíneo posiblemente, hizo dos mitades de mi elocuencia y aun tuve que dividir ésta con un vigilante que se había tenido oculto en mitad de la calzada haciéndose notable por grandes señas a cuanto movimiento entorpecible y estorbable divisaba.

En la comisaría no estaba la señorita; no supe nada de ella; yo había acudido a informarme de su paradero acompañado al principio por el primer aparecido de los agentes, de quien me despedí a la cuadra: no se me abandonó nunca; diversas personas uniformadas tuvieron inmenso gusto, me lo declararon, en asesorarme hacia la comisaría, deseosas de que yo no confundiera las calles que a ella conducen con las que llevan a mi casa, donde nada me habrían podido noticiar de aquella joven.

El dolor que sentía en aquel de los hombros arriba del cual pende una oreja no era de muelas ni de la primera dentición sino del primer uso de la palabra. A mí me parecía que una vereda completa de las de frente a Plaza Congreso me había acertado en la clavícula. Si yo hubiera podido encontrar un reemplazante instantáneo de mí un segundo antes del golpe... Pero estos reemplazantes, suplentes, que todo quejosos se inscriben para las vacantes, no aparecen cuando se los busca para ayudarlos.

Hubiera dado cualquier distancia para no estar allí y a ratos sospechaba haberme caído detalladamente cuatro metros seguidos desde una azotea, sin saltear ninguno. He notado que por fuera todos los pisos son corridos.

Mantúveme reservadísimo por años sin aludir a mi éxito retórico, no queriendo exponerme a deslucirlo con ejecuciones verbales inferiores. Pero en un movimiento político del cual yo ocupaba la acera —siempre las veredas me han dejado en la calle— pronuncié el siguiente discurso de espectador: «Viva el Presidente General Cristóbal Colón Avellaneda». Al instante de terminarlo me vi rodeado de una baratura de bastones como no es de creer dado el alto costo de la mano de obra, los que estaban ya levantados, de modo que hecho el trabajo principal, nada era bajarlos a favor mío y de la ley de la gravitación de las manzanas universales mondada por Newton. Por esta vez me reemplacé yo mismo; con celeridad inapresurable hice ausencia de mi presencia y modestia de mi engreimiento. Veinte regatones saltaron golpeados en el suelo, punto de cita de todos los yerros, igualador de punterías. Me extrañó la conducta picapedrera, aquel campeonato, aquella emulación de caridad por mí, aquel despilfarro. La gente siempre ha cuidado sus varitas.

Me alejé de aquel tiro federal, pero sépase de las varitas que en días de lluvia y una vez extraviadas en el tranvía se llaman paraguas, pues cuando ocurrióme perder casi todo mi bastón —a causa de la preocupación de hacer pasar antes que yo por la estrecha portezuela del subte el buen sobretodo que llevaba puesto para vigilarlo de atrás— lo encontré hecho un buen paraguas, a falta de bastón, en la gerencia. Por lo demás, a un bastón nuevo le queda bien haberse extraviado una vez; es para él la aventura de juventud y uno debe procurársela. Aunque más cómodo sería que los vendieran ya extraviados. Y aun las librerías nos ahorrarían trabajo si algunos libros los expendieran ya leídos. Mejor todavía tratándose del buen libro, que los vendieran ya devueltos por los amigos prestatarios.

Réstame explicar el origen de los pequeños errores de mi discurso que tanta deportividad provocaron. Tuve siglos antes uno preparado de encargo para recibir a Colón en su segundo viaje que efectuaba bajo instrucciones de hacer cuanto antes el descubrimiento de América, no fuera que los nativos lo verificaran primero que él. Pero, como sucede con estos paseos apurados, muchos quedan sin hacer; y hoy los historiadores han establecido que no hubo segundo viaje de Colón sino únicamente primero y tercero. Recordemos de paso que si el istmo de Panamá, así como era todo de tierra hubiera sido de agua, el descubrimiento de América se habría realizado en China, donde a Colón se le esperaba todos los domingos.

Aquel discurso no pudo, pues, ser aprovechado y ahora su texto en parte se me enredó con las palabras que hubieran sido de oportunidad. Tan infelices experimentos oratorios me han disuadido, doctor Figari, no obstante la admiración y afecto que quisiera atestiguaros, de dirigiros una sola palabra en el acto de homenaje que os tributamos.

(«Martín Fierro», 1924)

Brindis a Ricardo Güiraldes

(Sin las supresiones que entonces la concurrencia obtuvo de su desesperado autor. Aplaudidas como lo fueron, es deber periodístico difundir lo que fue éxito junto con lo que no fue supresiones. Concediendo alegremente éstas el orador resultó contribuir con todo, con el brindis y con improvisación de supresiones que lo han revelado, asimismo, como prontista; a lo que se atendrá en el porvenir.)

No es aquí, señores, nuestro comienzo de discurso y debe «apreciarse» como principiado con nada de decir. Cortesía nos haréis si estas primeras palabras son obsequiosamente «estimadas» como el: «no haber dicho nada en suma», que tan desagradable sería lo aplicarais sin discernimiento a todo el brindis al final; como no derogante del Silencio, de cuyo texto, fácil de recordar y del cual el Hablar es la única errata posible, el procedimiento de cita no ha sido hasta hoy encontrado. La sutilidad de nuestra frase inicial representa a la imitación ¡por fin literaria! del silencio. El esfuerzo feriado de páginas en blanco que hemos leído tantas veces dispersas en la foliación de libros, ocasionándonos la única perplejidad posible y privativa a la especie lectora, esas ocho o diez páginas de heroísmo de autor y que el lector, en ella tergiversado, sostendrá siempre que no las compró, que no injuriaban su pensamiento de compra; ese esfuerzo, señores, de transcripciones del silencio, banal aunque de buen anhelo y presentimiento, era capitulación del poder de la palabra. Para la literatura es una claudicación confesarse incapaz de expresar con palabras el silencio y acogerse a las páginas en blanco. La imitación literaria del silencio era la sola digna de nuestra profesión; es por fin lo técnico en el asunto.

Formulamos, con el retardo de estilo, la presente oratoria de ofrendar un almuerzo finalizado, pues la tradición tiene apuro de que se demore el ofrecimiento de una demostración hasta luego de comida ésta por completo, sabiduría que precave a lo almorzado del desaire de que no se la acepte. Nuestro brindis ha sido, sin embargo, compuesto entre dos —que se ayudaban— y cuatro de la mañana, tempranidad de origen que se desaprovecha por fuerza de esa tradición; hace diez horas que podíamos servirlo caliente. Ya sabéis, pues, que se puede contar con nosotros si resolvéis abrogar aquella práctica, y que, teniendo hecho un brindis y tantas ocasiones de leerlo a los más anticipados repartidores y lecheros de Buenos Aires, lo hemos reservado hasta el momento prefijado para su indiscreción, de modo que realmente parecería pensado solo para Ricardo Güiraldes, cuya indulgencia por lo visto es la única con que contamos, aunque reventamos por leerlo a cada transeúnte.

En el plan del brindis las dos personas nos adjudicamos los dos géneros literarios: lo bueno y lo malo, que tantas grandes obras seguirán dando. El señor Fernández cuya modestia clama porque no se le nombre aquí y que aún después de nombrado todos seguirán preguntando cómo se llama, por gozar de un apellido tan favorable al incógnito (que no se le nombre excepto como inventor del dispositivo mecánico para deshacer juguetes que disimulará por siempre la conocida morosidad de los niños en despanzurrarlos), se me adelantó en la elección tomando para sí la parte mala; dijo que se sentía con fuerzas y pese a mis dudas le ha salido bien. Venció todas las dificultades y para la más bella y difícil de la prosa, la concisión, halló una solución novedosa, me parece; ha salvado este escollo sin rozarlo, sin mirarlo siguiendo adelante, con el recurso nunca adivinado de escribir largo para ponerse a distancia de la concisión, que era el escollo y fue tratado como tal; de modo que la parte mala (lo que estáis oyendo es anterior a ella y a la buena) resultó extensa, cual lo exige el género (yo lo hubiera hecho mayor aún) y no dejó lugar para la buena, lo que también tenía que ocurrirle a ésta, conforme a su característica que es la de dejarse ver poco en este mundo. La buena no figura aquí, como lo habréis notado; la hemos guardado; y mejorará con el tiempo hasta tal perfección de borrarse que el lector de sus páginas no sabrá nunca si se dirigen a él con el prefacio «A los lectores» que son quienes leen, o a nadie, con el de «A mi familia y amigos», que son otras personas. Vais, pues, a escuchar la parte encargada de mala, compuesta por un experto y un voluntario; si la halláis de esta estricta calidad, modelada a su género, aplaudidla, pues.

Pero antes, aún:

Ricardo Güiraldes

Sois en la persona, en vuestra visita suave al vivir, reticente de un oculto arder, un modo de dulzura agraciada aun con un leve toque de descontento (como reflejo de alguna hesitación en el acogimiento público de vuestro talento) que tiñe el acento de voz y dibujo de sonrisa y el tono de vuestras traslaciones remisas en la tertulia de tránsito terreno.

Hoy se inclina vivamente hacia vos la sediencia de belleza que vive en el genio de la colectividad, que abre manantial de sed en su seno, o como diríais vos, hoy se inclina la manantialidad de oír y admirar que guarda el hombre para el artista.

Vuestros amigos aquí solo se han adelantado al público; hoy tenéis vuestra la amistad del mundo. Una amistad amablemente entremetida: casamentera como fue siempre la humanidad ha brindado a vuestro Segundo Sombra la Segunda que no quisisteis darle, la Segunda Edición[5] que por lo que se afana en la casa parece presintiera próximo reemplazo. La intrepidez de Don Segundo Sombra ha fallado donde falló todo hombre: tenía valor para vivir solo más al matrimonio lo afrontó entre dos, en lo que se igualan flojos y valientes. Con razón vos lo queríais soltero.

5   El banquete era en su festejo.

He dicho.
(«Martín Fierro», 1926)

Brindis a Gerardo Diego

No estaba preparado para este benévolo pedido. Pero felizmente mi improvisación la tiene Scalabrini Ortiz; yo solo retengo tres borradores completos de ella. En el bolsillo abultado de las improvisaciones breves y olvidadas de preparar, encontrará Raúl un borrador.

Es tan poco lo que tengo que decir, señores, que temo me tome mucho tiempo el encontrar en un brindis tan estrecho un lugarcito donde situarle el fin. Si la nerviosidad de una improvisación (sacada del bolsillo) y lo breve que es me imposibilitaran hallar un lugar de final en mitad u otro punto, será con gran pena que me veré continuándolo indefinidamente y postergando para mí eternamente el goce de los aplausos que tan espontáneos se reserva para la conclusión, si la concurrencia no ha concluido antes. Sin embargo, pongo a disposición de las personas que deseen conocerla corta a esta oración los borradores terminados de ella. Y todo lo que termina es breve, como averiguó Shakespeare.

Considero casi irrespetuosas las improvisaciones no maduradas, el decir lo que se nos ocurre en el momento. Al contrario, estimo como un encomio que se note y se declare lo muy estudiado de mis improvisaciones subitáneas.

Efectivamente, no me hallo preparado para el presente benévolo pedido de la concurrencia. Pero tengo una disculpa. Hidalgo, que mediante un precio de cubierto que no empieza, que no llega a la unidad, ha conseguido una demostración que no termina favorecido su propósito por las simpatías que se atrae el obsequiado, me encomendó una tarea fatigosa y de responsabilidad; ante el precio de cubierto ideado por él, le dije:

—¿Y si a la concurrencia se le ocurriera comer?

—Nunca se ha visto eso en banquetes.

—¿Estará prohibido?

—No, pero no acontecerá.

Por eso me encargó hacer una lista cual esas que suelen publicar los diarios con el título «¿Dónde comeré esta noche?».

La he hecho, y a la terminación de esta comida os diré dónde podemos comer; cuando volvéis a casa si decís que retornáis de un banquete os sirven enseguida la cena ¿no es verdad?

Poeta que nos visitáis, Gerardo Diego: 1 $0,90.

Una palabra de amenidad y compañerismo es lo que el momento consiente: os habéis ganado una fortuna de simpatías aunque no habéis venido a hacer fortuna, por vuestra actitud sensible, modesta y de vivaz observación, no importuna, de nuestro ser nacional.

Aceptad con certeza de afecto y apreciación de vuestros talentos la sinceridad de esta demostración. Sería indiscreto de mi parte intentar un encomio y examen de aquéllos. La salutación a un visitante que se hace querer es todo el significado de lo momentáneo actual.

He dicho.

(«Pulso», 1928)

Brindis insistente

(En el homenaje al escritor Clodomiro Cordero)

Comida sin discursos, cita de oradores, el gentil amigo doctor Cordero imaginará cuánto debe gustarme esa tan decretada e imposible cesantía de la alocución. De un banquete sin brindis no quisiera perder ninguno, haría por llegar antes del último que, por lo muy precedido, da tiempo de no nacer a las tardanzas —luego del cual es indudable que el banquete sin brindis comienza—. Y así podría improvisar el mío, que le adjunto, y acompañar en la fiesta al cuentista de Spleen: estaba preparado como nunca para una improvisación.

Pero aparte de que mi voz siempre habló mal de ella misma, sus encantos han empeorado. Me tenía molesto una ronquera que no sé dónde me empezó y justamente hoy se me ha corrido a la garganta. Debo haberla contraído en una esquina con dos vientos, más el que venía en las palabras huecas del abnegado político; tanto gritó que puso ronca a toda la concurrencia. Y no era, sin embargo, mi esquina; soy de la opinión adversa; mi esquina política mira al Norte y al Sud y esa miraba a los cuatro «rumbeos». Creo que si hubiera algún partido al cual conviniera el callar de sus oradores, aquel disertante también se hubiera entusiasmado en hacerle la propaganda deseada como orador suyo.

Lo que tengo que explicarle es la gran ventaja, placer aparte, que me aportaba su fiesta. Fuera de usted y yo, nadie ha escrito menos en menos tiempo. Solo nosotros podíamos superarnos: si el tiempo disponible hubiera sido menos aun más podríamos haber escrito menos; solo si hubiera sido ninguno no nos sería posible haber escrito menos que nadie en tiempo ninguno.

Tratándose pues de una fiesta en su honor, cuando podía yo más oportunamente exhibir lo consumado de mi invento del brindis desmontable y más breve; yo, el escritor más corto, brindaría por vos el otro escritor más corto, con la alocución mínima. Así podría al cabo de muchos meses terminar aquí el «brindis sin fin» de mi invención que comencé en el banquete, de concurrencia interminable y precio no comenzado, al poeta Gerardo Diego, el que gustó tanto que las aclamaciones no me lo dejaron concluir.

Es injusto que siquiera por ser la primera vez, no dejaran terminar el brindis infinito, que inauguraba aliviadamente el nuevo arte mudo: de comer sin discursos.

Esa peroración —que debió ser lo más largo que ha sucedido a un público (si Demóstenes la hubiese inventado, todavía estaríamos escuchándolo) y lo más largo acontecido en mi vida, el brindis sin fin en que inesperadamente vino a acabar mi investigación en busca precisamente del brindis más conciso— tuve el desacierto de anunciarla como lo más pronto concluido de todo lo comenzable, la menor distancia y diferencia descubierta entre principio y fin, como también entre lo oíble de un mudo y lo de un orador. Ni esto pude decir: tras la primera frase se opuso el público, todo muy favorable a mí, ansioso de que no perdiera la gloria del récord de mi propio magnífico invento dañándolo yo mismo con prolongarle palabras. La concurrencia quería también ser la primera que oyera tal invento, y serlo completamente del brindis no acortable: había peligro de que le añadiera una palabra prescindible.

Se me impidió así acabar de empezarlo siquiera, y en realidad lamento ahora tener que desencantar a aquella concurrencia tan parcial a mí: ella perdió el largo privilegio de haber asistido hasta concluido el primer «brindis incomprimible y sin fin» de todos los siglos.

Seréis vosotros los del banquete al doctor Cordero quienes detentaréis ese récord y disfrutaréis del brindis que paso a historiar y formular. El verdadero estado de espíritu con que yo me alcé a brindar allí era cierto trastorno de mi lucidez y serenidad que me estaba ocasionando el trocito de papel que traía en el bolsillo con el brindis. Lo había hecho tan corto que no quedó en él dónde ponerle el fin, y yo iba a explicar a la concurrencia que desgraciadamente el brindis seguiría eternamente por haberlo construido tan estrecho que las palabras finales no tenían en él dónde acomodarlas: el brindis interminable por brevedad era la tragedia que estaba hiriendo en ese momento al generoso orador que se había desvivido por salvar a todos los públicos del mundo de las comidas, de ser público de nada.

Vais a oírlo y espero no dejaréis de alabarlo, pero no lo haréis diciendo indiscreta e infielmente es tan bueno al principio como al fin y que justamente hacia la mitad asume su mayor interés: reconocedle meramente sus dos peculiaridades sin precedentes de interminabilidad y pronto fin.

El doctor Cordero me ha reconocido privadamente como el primero en llegar tarde a la Literatura y me ha cedido el paso para que llegara tarde primero que él, y él enseguida. ¿La urgencia que tenía yo en adelantarme a llegar tarde? Cuando en 1928 yo apresuraba las páginas de mi «Vigilia, etc.» —cuya primera edición ya está totalmente dormida, aunque la galantería extrema de los libreros de Buenos Aires proporcionará el número de ejemplares que se desee de las ediciones agotadas, que son las menos buscadas antes de agotarse, por tal de complaceros—, una visita del exquisito estrellador de cielos, y de idiomas, Xul Solar, púsome en grave zozobra. Yo contaba estar escribiendo el libro menos entendido del mundo, y él venía a anunciarme que su idioma de incomunicación, su ininteligible neocriollo, estaría listo antes de que concluyera el urgente y forzoso remate indefectible de alhajas que durante cuatro años se ha anticipado en la calle Corrientes y Suipacha. Entonces se iba a decir que una vez proporcionado al mundo el idioma de Xul Solar cualquiera podrá escribir libros ininteligibles. Apresuré el mío y creo haber acreditado que no necesito del idioma de

Xul Solar: un pensador puede hacer incomprensible, cualquiera, lo
que hasta ahora parecía difícil. En fin: mi brindis fue, y sigue, todo
él en cuatro palabras:

¡VIVA! GERARDO DIEGO ARTISTA

es, lo repito, doctor Cordero: ¡vive, artista!; sí, artistas, viva-
mos.

(«Carátula», 1929)

Modelo de disculpas para inasistentes a un banquete

(Demostración a Dardo Salguero Hanty)

Solicito se me pida tomar la palabra sin anular mi condición de inasistente que se disculpa apuradamente, pues me toca faltar, decir la disculpa e irme, todo en los cinco minutos reglamentados del estar sin asistir.

Hace algún tiempo en las reuniones (de varios) que teníamos, Eduardo González Lanuza brillaba por sus improvisaciones no solo de dicciones o invenciones poéticas sino de ingeniosidades humorísticas; sabíamos que tenía un gran libro, casi hecho: Las sesenta fórmulas del quedador de bien, y cada vez le requeríamos algunas. Había alguien más conmovido por ellas, quizá, que nosotros: un agente financista que, para decirlo de una vez, se hipnotizó de tal manera con el arte de la Disculpación, que nadie llevó tan alto, de González Lanuza, que instaló un negocio de alquiler de trajes de rigor para faltantes, inasistentes, a cada uno de los cuales acompañaba una foja con veinte de aquellas fórmulas.

Yo vengo en un traje de éstos y adopto esta fórmula, buena para el caso de comida a dibujante: «Señor pintor homenajeado: el retrato mío que trazó su mano me da tan completo que aparezco con los diez años que me faltan hoy para cumplir los sesenta y que tenía, es cierto, cuando usted me tomó en brazos para el Dibujo, pero un peluquero no menos completo me los afeitó luego junto con barbas y melena, que eran las que habían cumplido los sesenta. Sería expuestísimo para la seriedad de su reputación que en una "exposición" de sus telas tenga hechos públicos mis 60 y aquí aparezca con 50. Me dirían "Vuélvase a su casa" (hay que creer que la tengo y, cuando retorno del Centro con muchos paquetes, me tratan con amabilidad; ahora más, que saben que soy el original de su retrato)».

Y bien: me voy con apenas tiempo de olvidarme el paraguas a la salida...

¿Y ahora? Olvidé mi paraguas y heme aquí, pero vuelvo con un chiste también bueno.

Vuestro banquete, gran dibujante y encantador amigo Salguero, será memorable. ¿Por qué?

Porque si hubo quizá una catástrofe tan completa que hasta los sobrevivientes perecieron, de vuestra fiesta se dirá: fue tanta la concurrencia que hasta los inasistentes estaban.

He dicho.

Brindis a Marinetti

Señoras y señores de este público amigo; celebrado novador Marinetti, usador, por ingeniosos destiempos, de esa vasta Tardanza llegadora: el Porvenir, del cual sois el primer memorista conocido:

Os pedimos, señor Marinetti, justifiquéis el uso de la lengua nuestra en la sesión que, por vos, es ya hoy mismo porción memorable del futuro, pues si bien los argentinos notámonos de poliglotos —cualquier niño nuestro, sin dificultad, sabe oír cuatro idiomas, aunque de éstos alguno sea extranjero— el lado de hablar, de los idiomas, no nos es tan liso; y si yo me pusiese en el apurón de un cómodo esfuerzo por hablaros en italiano, quizá os notaríamos poco preparado para entenderme; falla que, en tan insigne prosista itálico, no debe hacerse visible por culpa nuestra. Además, pareceríamos nosotros los viajeros, si no usáramos del castellano ahora, como si envidiosos quisiéramos también brillar con la siempre interesante transeúncia, que hoy y aquí a vos solo toca lucir.

En cambio, señor Marinetti, os aseguro que nuestro público comprende el italiano mejor que otra cualquiera lengua extraña. Además de que el italiano y el español, únicas de que el Silencio está celoso, representan el más alto grado de la articulación verbal; por su íntima consonancia con el afán humano de la comunicación, puede decirse que se hablan ya comprendidos y, aún, que cualquier otro idioma puede hablarse en italiano y en español. Son las mejores lenguas para viajeros frenéticos: éstos, a menos que en el furioso impulso de viajar se hayan salido del planeta, comprueban en todo lugar, aun mientras cruzan una frontera, donde los idiomas están de mudanza, que en cada circunstancia improvisa en que tiene apremio de entablar revista oral para informarse de una calle, un puerto, un hotel, con cualquier desconocido, han conseguido casi fácilmente hacerse entender, sino aplaudir, en español. Lo sé, por viajeros tan apasionados que nunca estuvieron en su casa, que no tuvieron nunca un lugar desde el cual empezara su viajar; que, por lo tanto, nunca se ausentaron de algo o alguien y, por consiguiente nunca viajaron.

Otra salvedad. No pude ser invitante a vuestro banquete, como apareció por error. En materia política soy adversario vuestro (quizá esto no se sabe en todos los continentes), pues mientras parecéis pasatista en cuanto a teoría del Estado, lo que impresiona contradictorio con vuestra estética, y creéis en el beneficio de las dictaduras, provisorias o regulares, yo no conservo de mi media fe en el Estado, más que la mitad, por haberla repartido con nuestro fundador Hidalgo, a quien debemos vuestra presencia aquí. Me quedó una cuarta parte de fe estatal, la indispensable para no confundir dos cosas fiscales: los faroles con los buzones, al confiar a éstos la redacción de mis cartas.

Como todos los hombres de carrera intelectual os estoy agradecido por la consagración de vuestra vida a la emancipación de un error de debilidad, de tontería, de preocupación, de cálculo: la veneración del pasado.

Pero la verdad es, señor Marinetti, que me privé del placer de acompañaros porque aún no se había definido vuestra visita como exenta de propósito político, y habría tenido que molestar con salvedades un ambiente de cordialidad. Con vuestra presencia aquí mostráis que no os hace mezquino la separación parcial de ideas ante la vocación común del arte.

Todavía algo que explicar. ¿Cómo es que se me ve aquí dando trabajo? ¿Cómo es que me ha tocado el éxito de esta figuración de cañonazo, cuando me correspondía el de la actividad fonética en la h española, en esta magnífica sesión? Con tantos ya consagrados escritores en la Revista Oral, ¿cómo se recurrió a mí que no tengo, a menos que otro lo haya escrito, ningún libro mío en circulación y solo he llegado a la 5.ª edición de prometerlo y anunciarlo? Pues por un mérito, señores, tan grande que me sorprende no me abrume de envidiosos: por la edad, que he alcanzado antes que todos mis compañeros: hay que disculparlos, como principiantes en la materia. Creo que debo esta superioridad a mi aplicación continuada, y quizá a destrezas adquiridas como pretendiente a empleado de Registro Civil. Mi edad ha sido juzgada como la gran idoneidad del momento, que inspiraría gravedad a mi elocución y facilitaría mi comprensión de vuestros sentimientos y situación.

Os comprendo y estimo, como estimamos aquí a nuestro Lugones; más bien que consumadores de perfección de belleza os complacisteis uno y otro en ser máximos, variadísimos incesantes excitadores de las labores ideales, en Europa el uno, en América el otro. Es abnegación: pues a quien ha gustado la pasión de la realización artística o de la posesión de Verdad, metafísica o científica, le es durísimo conceder tiempo alguno suyo a actuaciones de escuelas literarias. Otra coincidencia, que induce sinceridad en ambos, pero que muchos deploran, es la brotación tardía, en vos como en Lugones, de una fe en el Estado que apena a cuantos creíamos que la superior Beldad Civil era: El Individuo Máximo en el Estado Mínimo. Ilustres como sois, en el mundo; naciendo dictaduras en toda Europa; mostrándose aún en los Estados Unidos frenesíes estatales de democracias y congresos dictadores con leyes de ingerencia en los hábitos, creencias, placeres, viciosos o no, del individuo —prohibiciones del alcohol, del juego, imposiciones de higiene privada, etc.—, hay que confesar, insigne futurista, que el pasado no ha muerto, y no le falta un parecido de porvenir.

Pero contentémonos, señor Marinetti, con que vos vivís y yo también. Yo no he muerto; porque como ando siempre con una libretita y lápiz para anotar todo, si me hubiera sucedido eso lo tendría apuntado. Hay días en que solo por una libretita así sabe uno que vive. Pero hay otros, y no os lo deseo frecuentes, en que «ni con libreta», como dicen nuestras lindas cuando no les place el cortejante; y otros en que, digan apuntes lo que digan, nos sabemos eternos, o una semana menos.

Os he hablado de enfermedad y de muerte, temas no de fiesta, pero sí de alta tertulia; imperdonables aquí, acreditan mi torpeza social. Sin embargo, son los dos «mates amargos» fuertes que comienzan muchas grandes amistades en la Argentina.

Que ellos me conquisten la vuestra. He dicho.

Brindis a Leopoldo Marechal

El principio del discurso es su parte más difícil y desconfío de los que empiezan por él.

El presente es trémulo porque es viejo; fracasan los que en él hagan cualquier cosa; en cambio, dejado para otro día, fue el método de celebridad y poder de todos los expectantes y silenciosos. Nada empecemos hoy, que el porvenir está lleno de cosas hechas, tan preferibles, y debe estar muy cerca ahora, después de tanto Pasado.

Explicaré mi arrepentimiento de cuanta cosa empecé antes del porvenir: ves o cuatro brindis marrados —que yo calculaba me dieran más aplausos en unos minutos que todos los aplausos de llamar al mozo que ha oído un mozo de bar en treinta años de atencioso servicio, aunque se le añadan (esto es propina) los aplausos de matar polillas mientras vuelan y los aplausos para ahuyentar gallinas de un jardín— me hicieron abusar del pensamiento, hasta descubrir que esos cuatro discursos no solo comenzaban sino que presentaban el principio de la mala ubicación, delante de todo, antes que el público se acostumbrara. (Brindis a los que se reconoció, sin embargo, el mérito de un estilo tan continuado, o personal, mío, digamos, que podían oírse de espaldas por los que se iban retirando, y continuarse indefinidamente mientras alguien no encontrara su sombrero.)

Corrigiendo estas contrariedades, en ocasiones posteriores, rogué al público continuar atendiendo hasta oír el principio de mi discurso, lo que lo ilusionó alegremente. En fin, en un reciente ensayo lo suprimí del todo y en la emoción de ensayar me olvidé de todo lo demás y me senté. La concurrencia, enamorada de la intención que me supuso de inaugurar la nueva era del concluir de comer sin dificultades, aparentó no haber oído que yo no había dicho nada y declarando que nada confuso tenía mi brindis, ni preocupante o flojo o desigual o que no se entendiera del todo, aplaudió como para dar ocupación a todos los mozos de bar no llamados en un mundo de bares abstemios y vegetarianos. No soy tan impresionable como el habitante que se resbaló del mundo, cual si le hubieran hablado de cáscaras de bananas, cuando le dijeron de golpe que la tierra era redonda; mas me siento triunfante por haber concluido no solo con mi carrera de orador que no para, sino con la de orador confuso, en la que entreveía un porvenir claro y sin trabajo ninguno, porque me era innata la facultad. He nacido con las «líneas ligadas», en casa de una telefonista, frente al abonado «equivocado», e inventé el brindis «que no funciona», ovacionado final de mi carrera de inventor, que me compensa de haber llegado tarde a este mundo y con el candor de creer que vendería millones de mis aparatos para postergar rifas, cuando ya nacen hoy con dos delanteras de aplazamiento y la de cuarta postergación está adelantadísima ya en taller de Alemania, haciéndose en el mismo molde donde se moldeó la intención que tiene Alemania de pagar la indemnización de guerra de 1914.

Querido gran poeta Leopoldo Marechal: lamento haber contado cosas tan malas del presente y de que hay que apagarlo, con ventaja segura, cuando nada declara más a un poeta, y es en vos un signo constante, que la certeza e interlocución con el Hoy, único modo místico y estético del tiempo. El hoy ha sido lleno para todos y es por una degradación de espíritu, cuyo manantial no logro descubrir, que por una parte la inclinación histórica y por otra la ideología banal del Progreso, dos perversidades de difícil explicación, nos hacen suponer más plenitud del Hoy de los que nacerán ulteriormente, y una pobreza del Hoy que poseyeron los hombres del pasado.

Vuestra poesía, entre nuestras numerosas empresas estéticas de hoy, palpitación de una busca ardiente y penetrante de Arte que me exalta, me pone más que ninguna ante la evidencia del goce espiritual y la oscuridad, en mí, de su teoría. Aunque cada vez se me paraliza más la interrogante estética, creo que en vos se decide, aunque no se colme todavía, la inquietud profunda y el operar continuo de las almas artistas de Buenos Aires.

Perdonadme, Marechal, la pobreza imperdonable de estas vaguedades en mi posición mental ante la belleza que realizáis, que no excluyen, aunque no decoran, la certeza del placer que generasteis para nosotros.[6]

6   En *Museo de la Novela de la Eterna* aparece una carta del Presidente de la novela al poeta Ricardo Nardal, es decir Leopoldo Marechal.

Brindis a Norah Lange

No siempre venimos preparados para improvisar —esto no sería nada, pero tengo otra dificultad que luego se dirá—, pero lo haré (aunque tuve aviso con tan poca anticipación) si es que condescienden a una manía que me domina en momentos así; nunca se me ha visto improvisar de otra manera.

Todos los trabajadores artistas han mostrado antojos raros en sus horas laboriosas: Víctor Hugo, que escribía un libro por año, no se sentía fuerte para comenzarlo hasta que no había concluido de vivir todo ese año sin pensar en nada; Núñez de Arce no tomaba la pluma sin ponerse... mal escritor al punto, lo que explica por qué escribía tan bien; Balzac no empezaba a escribir sin tener cerca de sí la ausencia en viaje a Europa de su suegra (ya se entiende que el viaje a Europa de una francesa es venir a la Pampa); Colón no descubría continentes, o lo hacía enteramente de mal humor, si no se los ponían por delante impidiéndole seguir la redondez hasta el Asia; lo que hubiera a derecha o izquierda no lo descubría; a Gautier el vacío en la cabeza era la sensación sin la cual no podía llenar la primer página (la vez que se inspiró más fue cuando supo que la sociedad de críticos parisienses, estafada por un rematador, había comprado para su balneario una isla de antropófagos); y el ocioso Byron al comenzar a trabajar no hacía nada: pasaba tantos años sin reflexionar en cosa alguna que cuando quería retratarse no acertaba con la postura de pensar.

Yo no puedo improvisar sin ponerme los anteojos de leer y sostener una hoja escrita delante: la seguridad que siento de no decir nada imprevisto, de compromiso, me da inspiración.

Si yo dijera todo lo que de encantadora tiene Norah Lange, si hiciera conocer qué sentido de la vocación de sensibilidad hay en su trato personal, qué elegante es su línea lanzándose del diminuto pie a esconderse en el nido de su cabellera metálica, el vuelo expresivo de su querida fisonomía, lo que hay de leal en su amistad, lo que hay de medido y de sin freno en sus andares, sus conductas, sus prudencias de hacendosa y ahorrativa, su mansedumbre ante una existencia de labor insípida obligada, su alegría merecida del sábado y el domingo libres, sus desprendimientos de dinero, de su dinerito tan contado y menudo en su carterita, ante una lista de colecta en obsequio de algún compañero de arte, sus despreocupados ímpetus y alegrías en la bohemia; si yo dijera cómo la quieren Evar Méndez, Scalabrini, Galtier, Bernárdez, Borges, Marechal, Xul Solar, y... (no es éste el momento, ante tanto rival, para una «declaración» mía; y además Norah me dijo hace tiempo, la primera vez):

«Vuelva usted cuando tenga veinte años menos»; ¡cómo me conoció el defecto! ¿Por qué me quedé tanto tiempo habiendo tanta luz, hoy que se abusa tanto de la iluminación? Y además, ¿dónde no estará iluminado si está Norah? No fue exigente, sin embargo: solo veinte años menos. ¿Cuánto tiempo necesitaré para retrasar veinte años?

Si yo descubriera toda la grandeza sumisa que hay en su vivir y en su afecto hogareño y práctico y el contraste con su voluntarioso espíritu en el arte y en la bohemia, ¿quién no me pediría aquí mismo su mano, confundiéndome con su papá por lo mucho que ostento conocerla?

Sería una mala chanza pedir que la dé a otros si para mí la quiero y tengo una promesa tan positiva.

Querida Norah, discúlpeme: pero comprendo profundamente su suave ser y le deseo con todos los que la quieren visiones de arte y de pasión siempre cerca de su vida; y paciencia conmigo, que hago progresos: ya he comenzado a atrasar años y no volveré por su promesa con falsa cuenta saltando ninguno, ya que me falta muy poco para que me falten todos los veinte.

Brindis a Scalabrini Ortiz

Aseguro, señores, que contemplo tanto y poseo tan poco las dotes de orador, que daría la estancia de cualquier ricacho, sin considerar su valor y haciendo el gran esfuerzo de desprenderme de ella, por verme aquí improvisando con esa desenvoltura de un magno paquete de Gath y Chaves caído al suelo desde la vertiginosidad de un ómnibus.

A lo largo del vivir he simplificado, llevado al mínimo tantas cosas, que las he hecho casi tomar contacto con su propia inexistencia, como le pasa al programa de Carlos Marx tratado por algunos partidos socialistas contemporáneos. Por ello he considerado que sería un deber en este brindis proporcionaros una muestra de mi facultad de simplificar, si el hecho de hablar en público por primera vez no me turbase demasiado.

Y empezaría esta muestra de mi experiencia en sencillez diciéndoos que soy el diestro único que concebí en política una revolución tan simplificada que dejara las cosas más igual que antes.

Así con el afeitarse: suprimí primero, la escobilla, luego procedí sin espejo, sin alumbre, sin polvos, sin balconcitos rosados de sangre en una y otra mejilla llamados tajitos, habitualmente creídos tan necesarios; sin talco, sin jabón. Faltándome todo, me afeitaba tan fino que ninguna persona llegada a las dos horas advertía que yo estuviera recién rasurado.

Era la rara perfección de hacerlo forzando el método de supresiones hasta la lisura de lo indiferenciable.

En materia de longevidad, he simplificado tanto mis pretensiones que «un día siguiente» es toda la prolongación que pido de mi hoy vivir. Es cierto también que he introducido una complicación, pues sostengo que el día de trabajo, después de un día de fiesta, no debería venir tan de repente. Que empiece el día de trabajo en cualquier día pero nunca tras un feriado.

En cuanto a mi colección particular de cuadros, pasé de los óleos y acuarelas firmados a las ilustraciones de revistas y a los cromos, y en fin, hoy mi Sala de Pintura está constituida por montoncitos, manojos de papeles de colores suspendidos en todas las alturas.

Otra simplificación que ha sido apreciada como digna de difundirse, y muy práctica, es la que apliqué a ciertas comidas y combustibles. Empecé como todo el mundo haciendo un cordero al asador con cocinero y mucho fuego, y he llegado a hacerme un asado a la llama de una vela y un bife o costilla a la de un fósforo.

Queda con esto de manifiesto que es mera amabilidad del persuasivo autor de «El hombre está solo y espera» su declaración atribuyéndome influencia y estímulo sobre sus obras y su espíritu. Creo que ha sido mayor su influencia sobre mí en todas sus penetrantes ideas de psicología social porteña, pero, desde luego, ven ustedes, manifiestamente, que mi idiosincrasia simplificadora no lo ha tentado para nada, pues llega a la 5.ª edición sin omitir 2.ª, 3.ª o 4.ª

Ahora me digo yo que solo gusto de las innovaciones que simplifican, si lo que ha hecho Scalabrini, esperando el agotarse de cuatro ediciones para imprimir la quinta, no es innovar hacia una rutina; ¡para qué complicar las cosas! Estábamos tan bien con una edición primera, última y quinta al mismo golpe, sin insistir por un primer lector que se comenzase, que se decidiese. Lo que así ha hecho es una innovación que incomodará mucho en adelante a los que numeramos nuestras ediciones conforme a lo que debió ocurrir, no a lo que no principió a ocurrir.

De hoy en adelante tendremos que regalar cuatro ediciones para vender la última. Hemos perdido una simplificación preciosa. Con el calificado ejemplo de Scalabrini Ortiz hemos perdido, sí, una de las comodidades deliciosas del no haber ciertas cosas. Había, señores, según mi catálogo, tres cosas que no había todavía, en la vida literaria y periodística, haciéndola tan placentera: el reportaje con reporteado, la improvisación de repente y las ediciones agotadas. Tratándose de un amigo tan querido y tan artista, felicitémoslo en este mes de la de Dos Millones,[7] de que no sea de otro sino de él la suerte de habernos hecho tanto daño. Conviene, de paso, recordar que los libreros y editores han logrado el razonable absurdo de que luego de «agotado» es que los libros se venden más, por ese prestigio envidioso.

Me despediré con algo personal y oficioso. El primer poema y ensayo de lo porteño, que tenemos por inspiración de Scalabrini, nos convence de todo, pero no habrá entre nosotros quien imite su revolución edicional. A menos que ustedes quieran adherirse a algo que propondré. Yo no creo mucho que la Literatura del pasado sea belarte; obra de prosa artística en género serio no ha abundado. Para que acabe de faltar a la humanidad una genuina belarte de la Palabra, para que aparezca, por ejemplo, la primera novela buena, es preciso que se escriba la última mala. Escribámosla nosotros, alguno de nosotros. Yo no creo que, aunque seamos muchos, haya —por falsa modestia o por tenerse poca fe— quien dude de poder escribir la última novela mala. Yo ayudaría principalmente, pues su ausencia quizá está estorbando sacar la que alguien puede tener lista del todo primera novela buena, de genuino y severo arte, sin una primera, ni ésta sin una última del género de la novela mala.[8]

7   «Grande» de Navidad.
8   En una de las versiones de este brindis aparece aquí un agregado al parecer no testado luego explícitamente. Se refiere a la teoría de la novela que el autor sostendrá en *Museo de la Novela* y dice: «El hasta ahora infantil uso de personajes y trama en Prosa de Arte, la prosa "para servir" al lector halagándole en el fantaseo de todo lo que quisiera ser o poseer o hacer, que es la esencia de todo el novelismo y teatro hasta hoy, cesará, y comenzará el uso artístico del persona-

Hay que darse conciencia de esta responsabilidad. Si hay perezas y dudas, aunque todo el talento, supliendo vuestra inercia yo haré una mía, y ésta será mi tarea de ese año. Yo entrego mi novela como la última mala, bajo el compromiso de que otros aquí prometan la que la haga última de lo malo, la verdadera Novela ¡por fin! No sería cauto que yo escribiera las dos; podrían confundirse y tomarse por última mala la gran novela comentadora.

Cómo pudo llegar el caso
de un brindis oral de faltante

No es éste el brindis desmontable de mi invención, ha tiempo patentada, ni «el de otro banquete» que barnizado se aprovecha luego por segunda vez. Este no es, tampoco, el brindis aprovechado ahora clandestinamente, de faltar a otro banquete, al que llegué tarde y a otro restaurante, y el día antes, caso de puntualidad relativa, disminuida por exceso, en el que comprendí que el campo de la impuntualidad no está solo en lo después de lo puntual, zona de lo tardío, sino en lo prematuro, zona del «estar verde» todavía. (Y no recordaré aquí la conducta sensata del hombre que no faltaba a ningún entierro, extrema diligencia en esto que admiraba a todos; y requiriéndosele para que explicase cómo había sido siempre tan puntual, manifestó que lo era en todo sepelio de otros para que en agradecimiento de ello se le disculpara si por acaso llegaba tarde al propio, pues, dijo, solo se permitía ser perezoso en cosas propias.) Sin embargo, quizá, con mi ir el día antes, conseguí un resultado perverso de despojo de la puntualidad ajena, pues hice al momento inasistentes a todos.

Pero, como digo, no es éste ese brindis; ahora es el profundo desahogo de haber faltado a todo aquello a que asistí, por mi con-

---

je, la primera novela de arte, en conmoción sin halago. Esto o nada; no más de aquello».

dición delgada y pequeña de físico, de inadvertible, a quien por extraña arbitrariedad no le fue dada nunca la presencia completa, haciéndome el perpetuo impresenciado; mi minusculidad hízome parecer en cualquier lugar que no estaba allí todavía, como un existente con pero, un «ya, pero», siempre un «recién» de llegar de la Nada; aún menos que llegar: un no quedado en la Nada, llegar es demasiado positivo.

Así como nadie, aunque sea alguno, despiértase sin creer haber estado despierto algo antes —obsérvense ustedes y lo notarán así: es estrictamente psicológica la impresión en todos los despertares de haber estado despierto desde unos momentos antes. En estado de expectativa de un hecho cierto ocurre también lo mismo: noten ustedes que cuando se aguarda, preocupado, un llamamiento telefónico y oímos sonar la campanilla, parécenos que desde algunos segundos antes ya la estábamos oyendo—, así yo no conseguía empezar a estar presente, ni más ni menos que les ocurría a los primeros trenes, tan lentos y torpes, que hasta después de un rato no estaban en la estación a que habían llegado. Advertía siempre que había en torno mío incredulidad; amable pero incrédulamente se me recibía siempre; a veces, el que me saludaba y me tendía la mano creía estar en el ridículo de hablar y gesticular solo, y para disimular su confusión se dirigía a los circunstantes alegando que había intentado cazar una polilla, lo que aumentaba su ridículo porque es sabido que las polillas se cazan con un aplauso de dos manos, a diferencia de los mosquitos que se matan sin aplaudirlos, con una sola mano.

Las presentaciones son mi tortura; y mi envidia de toda la vida es la obesidad de todas las cosas, el extravolumen que, por contragolpe, hacía comparable, como veis, a una presencia de polilla la mía.

Sin embargo, mi educación, mi ambiente, mi género de vida, mi inadvertido género de vida, me habían hecho extremadamente sociable, con horror de la soledad, de la cual, empero, no podía escapar ni en compañía. Todos estos sentimientos y resentimientos de esta terrible negación del destino para acordarme presencia, calidad de concurrente, como cualquier mortal, me han constreñido a este desahogo en que hago la oratoria de un faltante irremediable. En mi condición de inadvertible, pues ahora pienso que vosotros no me advertís y me resigno a este irremediable mío, concluiré diciendo: Señores obsequiados y señores invitantes al banquete cuya circular he recibido: siéndome imposible la presencia, por causas misteriosas que nada tienen que ver con la falta de puntualidad de la planchadora en traerme la camisa recién planchada ni con la perversidad del objeto: el botón que se ha corrido debajo de la cama, sino con una puntualidad de faltar adherida a mi vida con misteriosa inherencia, os ruego disculpéis mi inasistencia al homenaje a que me he asociado de todo corazón, perdonándome plenamente como si hubiera alegado no poder asistir a él por no tener noticia alguna de tal homenaje o por haber llegado tarde a la verdad que trae en horario aquí.

Lo más concentrado de lo doloroso de esta preocupación de no tener presencia en un mundo en que la hay hasta para la «presencia» de ánimo, es la imposibilidad deprimente de lograr alguna vez «estorbar» algo a alguien. Solo me han halagado las situaciones, en fiestas de convite y danza muy concurridas y agitadas, que me deparaban los atareados mozos, justamente exigentes e irritables que cruzan entre movibles parejas y mesas apiñadas con la abundante todollevabilidad de su luciente bandeja cargada de fragilidades e inestabilidades, temblorosa de líquidos en vasos estremecidos, indicándome con un violento ademán apartarme y no molestar. ¡Molestar a ojos vistas, en un inadvertible! ¡Qué buen recuerdo y amistad guardo a los mozos de mal humor!

Fin

Nótese que algunos artículos llevan al pie la palabra Fin, porque los más de mis lectores se quejan de que escribo muy corto, sin darme cuenta de que son ellos los que dejan de leerme cerca del principio.

La palabra Fin hace constar que no he sido yo el que abandonó la compañía del lector. Que los lectores no se fíen y sigan; que no es auténtico ningún «acabado» como dicen los vendedores de relucientes coches de mis colaboraciones sin esa palabra, y faltando ella deberéis seguir leyendo. Les aconsejo, pues, sospechar de su impulso toda vez que crean concluido el artículo muy cerca de su comienzo.

Lo que solo deben saber quienes esto escuchen

Seré el primer perorador que secreta con el público. Pero se entiende que al secreto que voy a confiaros no le haréis dar una vuelta tan grande que me alcance de retorno y me lo cuenten a mí mismo en el bar de allí enfrente, que es el de mi séptimo café de la tarde.

Los consagrados artistas que acaban de exponeros elogiosamente mis méritos han tenido razón. Bien sabía que para escribir ¡como yo escribo! debe tenerse quien nos dé de palos si escribimos mal. (Felices los lectores, ellos no me leyeron a la fuerza, como yo compuse, y mis libros están por venderse.) Por eso nos lastima mucho pensar en el destino de los que fueron universalmente señalados en el escribir bien: Quevedo, Poe, Cervantes, Sterne, hoy mismo Kafka, Rilke, Supervielle, pues sabemos que alguien seguramente los esperaba, o los espera, en su casa, con un ceño y una ronquera terribles, si vienen del escribir mal.

Ahora el secreto. «Si Juanita no retorna mañana antes de las ocho, pasado mañana la caso a la fuerza con su novio si hay registro civil. —¡Pero si hay todos los días registro civil!— Lo malo abunda.» (Aquí el autor parece que ya sabía que se iba a equivocar porque habría de sacar un papel previstamente confundido. Y así, leído en alta voz ese papelito, seguiría impávidamente improvisando sin ése ni otro apunte.)

El secreto que iba a deciros, bien lo recuerdo, es éste: los consagrados artistas que han encomiado en este acto mi figura literaria, bien saben por qué lo han hecho, bien sé yo la carga que comienza para mí ahora que han terminado la suya.

Con el uno, me comprometí a que poco tiempo después de este elogio lo libraría de una vecina de balcón de enfrente de muy desairada persona que lo saetea con miradas, lo molesta con llamadas telefónicas y, en suma, todo lo hace menos ser bonita en su balcón.

Con el otro, me obligué —es empleado público importante— a procurarle certificado médico mío para toda inasistencia que le conviniera justificar en su oficina; es sabido que nadie hasta hoy ha conseguido la condescendencia de obtener tal certificación de ninguno de los abogados de Buenos Aires: podéis, por tanto, juzgarla de preciosa. (Os dejo con lo que tampoco yo pude averiguar: por qué los abogados no otorgamos certificados médicos.)

Con un tercero, me sometí a un pedido que me pareció muy raro: que usara siempre paraguas nuevos y lujosos y que con ellos concurriera todos los días de lluvia a su casa. Me imaginé que había elegido esos días para sus reuniones y quería ostentar no que en su casa también llueve como en las demás, lo que quizá algunos no le creerían, sino que tiene amigos dueños de ricos paraguas; se lo prometí. Mas parecía tener algo más que pedirme. Así es que me exigió también, y lo acepté, que en el momento de retirarme de cada una de esas visitas olvidara mi paraguas, por haberles dicho a sus amigos que él conocía al hombre más desmemoriado del mundo; y yo debía ser el amigo que era, al mismo tiempo, el hombre más desmemoriado del mundo.

Ya ven lo que he perdido por obtener el favor de opiniones sobre mi inteligencia; se le caen a uno del alma hasta las ganas de vivir mucho tiempo; poetas que sientan en pureza la poesía de la lluvia son muy pocos: lo que los más sentimos es el exquisito egoísmo de oír lluvia en nuestro techo en el día en que los otros la soportan por la calle, y yo quedo comprometido a dejar mi techo por el ajeno, para la música de lluvia, y ser transeúnte bajo el chaparrón. Y además, a olvidar un buen paraguas comprado para una sola vez, como cañón Bertha, en cada día de lluvia, sin contar mudarse del ser envidiado al ser compadecido, cuando llueve.

Y así, para cada uno de estos notables artistas me he obligado pesadamente; por tanto, mi deber de agradecimiento, que hondamente siento y acato, es para con nosotros, el público, único no solo exento de todo interés, sino exento también de toda escasez de tiempo, pues que ha acudido aquí por un par de horas.

Para despedirme, voy a exponer una sintética confrontación entre la poesía de las grandes almas no literarias y la de los grandes artistas; o sea, entre lo estético artístico que hay en muy pocos y lo ético que hay en muchos.

Ramón Gómez de la Serna dijo, captando una exquisita sensación decorativa, un resorte urbano artístico, que en los galgos de bronce del trayecto a Palermo (que han gustado tanto) se daba a Buenos Aires la más decisiva nota de empaque de gran ciudad. Le opongo la respuesta de una sensibilidad femenina de suprema percepción emocional: «Pues esos galgos me dieron pena: no pude sentir su belleza ni la resonancia ornamental o significativa que dispensan a la mole urbanística, porque lo que me conmovió contemplándolos fue el desesperante nada sentir de esos perros de metal, tan gráciles, que no tenían ni la vida de los pastitos que pisaban en su aparente correr.»

¿Haría Gómez de la Sema la comparación justa entre ambos diferentes impulsos interpretativos del sentimiento?

Propondría a ese inmenso poeta, todavía, que se enfrentara el problema emocional (de Gusto), de cuál sería en él, cuál debería ser en el mayor poeta, la emoción de perfecta justeza ante un espectáculo que la misma mujer presenció. Habiendo llevado un nido a un deslumbrador circo, fue presentado en la arena un elefante pruebístico al que en el transcurso se le hizo erguirse sobre las dos patas, con lo que se vieron en su vientre unos letrerones con una propaganda sobre el mejor jabón de Buenos Aires. Se sublevó su sentimiento ante el humillante uso que se hacía de animal tan consagrado convivente con los humanos de todo el mundo, tan legendario; sintió hasta las lágrimas la sorpresa de tal insensibilidad hacia aquel pobre ser tantos años mansamente mártir de los fieros aprendizajes de circo.

¿Qué habría sentido Gómez de la Sema de esta villana ridiculización?[9]

Un ilustre tercer caso: alabóse a Wordsworth por haber dicho: Me repugnan las cópulas de las moscas en vuelo. En cambio, una hermosa argentina, no obstante su vejez, la pobreza en que había caído y el largo martirio de una parálisis que la tenía siempre en cama, decía: Me gustan las moscas, las moscas son alegría.

¿Quién de ambos poseía más imaginación y poesía en el alma?

Yo quiero decirle a este público generoso, que tampoco consienta que en su espíritu ceda la piedad a lo artístico, sino que se fíe y afirme en la impulsión ética aunque ejercite su percepción y su sensibilidad al par en la estética.

Aferrémonos a la piedad y entonados por ella el goce de lo bello y de lo artístico lo disfrutaremos con el sentimiento aditivo de merecerlo.

Le di al Editor en un solo libro 10 oportunidades de páginas en blanco: quedó tan enamorado de esta liberalidad con él que, metido en ánimos, previno a toda su clientela que su imprenta no aceptaba sino libro con 10 o más páginas en blanco. Sabido es que

---

9   Si las dos emociones referidas no son de estricta incumbencia artística, porque están rebasadas de la pulsación o compulsión de lo ético, ocurre que en ambas hay algo de lo impráctico o no eticoteleológico de la emoción estética, porque ni los galgos sentían la falta de vida ni el elefante la humillación. ¿Puede lo estético mantenerse incomprometido o debe ceder a la piedad?
Hay, a su vez, una diferencia parcial entre los dos ejemplos (aparte de la versión artística en cuanto al primero) y es que la piedad que despertaron los galgos esculturales está falta de un elemento esencial a la piedad: el impulso de acción para mitigar o remediar la carencia de vida de esos seres, mientras que para con el elefante cabe el impulso ético puesto en un esfuerzo para que el espectáculo no se repita. Pero no es alivio directo en favor de la víctima porque el elefante no siente esa humillación. (N. del A.)

éstas son las originales páginas de editor en todo libro de páginas de autor.

Brindis, en homenaje a Jules Supervielle, por Recienvenido de Hace Rato[10]

Días antes de conocer, después, como es discreto aparentarlo para viajes impensados, la gira que improvisó poco a poco, agenciándose una por una, lo mismo que exige un viaje muy pensado, las mil cosas de una salida de lugar (menos su necesidad, su «¿para qué?»), el ilustre literato que está practicando la recienvenidez con la a todo recién llegado preexistente Buenos Aires, la ciudad en todo tiempo infaltable a quien desembarca, la única ciudad con presentimiento del Perpetuo Viajero y que con la más delicada cordialidad que una ciudad imaginó, se da preexistencia en obsequio de él, se adelanta al recienvenir de todos dándole el sabor de un permanecer, y así ha hecho millones de permanecedores que venían con el algo despectivo «de paso».

Por lo menos sabemos que días antes de empezar a saber, como todo el mundo, el impreparado viaje que preparaba (poco a poco) el poeta Supervielle, cuyas obras le han hecho de imposible incógnito pero no de imposible improvisación de viajes, como se ve, yo preparé estas prontas palabras tan desprevenidamente que nada de lo que en ellas digo lo había conseguido pensar en el «momento antes», y en esto es tan adecuado como un buen libro sobre la pampa en un poeta francés nacido en el Uruguay, que la busca en Buenos Aires.

Por lo que resulta que la muy alegada por Inglaterra «unpreparadness for war» está en auge de imitaciones en las prolijidades previas de todo viaje y de todo brindis improvisados. Esa «impreparación» no se vio y se pareció —todas las inexistencias son

10 Entre papeles inéditos del ciclo «Recienvenido» han quedado estos dos últimos brindis, o fragmentos o elementos de brindis, entre revisados y abandonados.

iguales— al cuño en que Alemania, después de esa guerra, pensaba moldear las ningunas ganas que tenía de pagar su nunca paladeada Indemnización de Guerra.

Es todo lo que dije y hoy evoco, con las gratas horas y la gran figura de la imprevista demostración que combinó el querido Evar Méndez incansable en admiraciones y certezas, a la llegada de Jules Supervielle, que es hoy un universal a cuya gloria modesta y plenamente añadóme y entonces solo Méndez lo conocía quizá profundamente. Es una originalidad total, en una impresión, como actitud de poeta, sin ninguna de las repicadas rutinas de la literatura y desdeñando originalidades de menudencias. Es una extraordinaria Simpatía que no se resiente de la mínima dificultad de exposición.

Imaginario brindis a Alejandro Sirio

Aunque lo pronuncio con S —ya que no he nacido ceceoso a la española y como algunos campesinos de Buenos Aires— lo admiro a Alejandro Cirio, pues vi desde temprano que era una de las personas con quien la comparación de favorecimientos personales me era más ventajosa: era más bajito que yo, menos existente, más grueso, no entendía como yo de música, en metafísica no había para qué esperarlo en ninguna esquina y además no había conseguido lo que yo sí, lo que pocos tenorios seductores han conseguido: que ninguna mujer se meta con uno.

Estas superioridades duran, pues no creo que vuelva de París más alto, más delgado, más exento de ser, más músico, más metafísico, más ininterrumpido por mujeres que yo.

Por eso no he faltado a este desayuno y concurriré al banquete que se anuncia, el banquete de comer que me dicen va a estrenarse por fin. Además, tengo afán de presentar en dicho banquete los dos menús que he combinado y que faltaban: el de la comidita de prudencia que nos dan previamente en casa si esa noche hemos de asistir a un banquete y el de la comilona para dos con que debe reconfortarse a ambos contenedores de un duelo a muerte, que después de una emoción tan grande necesitan restaurarse más que nunca: el anormal apetito de los sobrevivientes es muy conocido y ha sido celebrado y detallado en todas las novelas de aventuras, tan novelescas.

Brindo corto con brindis de desayuno y reservo el de comer para su largo ocurrir anunciado, y me declaro su igual en Dibujo, pues si bien él es pleno dueño en el exquisito arte yo soy por entero dueño de mí mismo ante la más suprema obra del genio plástico: con telas y dibujos no entiendo ni siento y también en este renglón se mantiene la comparación con él, ya aludida, y continúa mi admiración personal de él.

He dicho.

Sirio agradeció y observó: «que era profundamente certero y admirativo este brindis en que M. F. me alaba por serle yo inferior en todo y hace un esfuerzo meritorio por pronunciar bien, y lo logró, el apellido mío que conoce mal. Agradezco a este banquete la oportunidad que me hace sabedor de contar con tan cálido y prolijo amigo».

Si hubo burla en esta incisiva contestación a mi brindis tan cordial, yo todavía lo ignoro. Y no deteniéndome a hacer el «quisquilloso», aludo al querido Alejandro Sirio,[11] el insuperable señor del Dibujo que compone sus estampas con las líneas mismas de la divina Lluvia.

(Supe del banquete al artista tan estimado hallándome lejos y quise brindar con él en tan justo homenaje. No pudo ser; y hoy por fin cumplo en expresarle no un juicio sin competencia sino la simpatía que me inspiró, como a tantos su hidalgo trato.)

11 Seudónimo del dibujante español Nicanor Alvarez Díez (1980-1953), radicado en Buenos Aires.

Libros a la carta

A la carta es un servicio especializado para

empresas,

librerías,

bibliotecas,

editoriales

y centros de enseñanza;

y permite confeccionar libros que, por su formato y concepción, sirven a los propósitos más específicos de estas instituciones.

Las empresas nos encargan ediciones personalizadas para marketing editorial o para regalos institucionales. Y los interesados solicitan, a título personal, ediciones antiguas, o no disponibles en el mercado; y las acompañan con notas y comentarios críticos.

Las ediciones tienen como apoyo un libro de estilo con todo tipo de referencias sobre los criterios de tratamiento tipográfico aplicados a nuestros libros que puede ser consultado en Linkguaediciones.com.

Linkgua edita por encargo diferentes versiones de una misma obra con distintos tratamientos ortotipográficos (actualizaciones de carácter divulgativo de un clásico, o versiones estrictamente fieles a la edición original de referencia).

Este servicio de ediciones a la carta le permitirá, si usted se dedica a la enseñanza, tener una forma de hacer pública su interpretación de un texto y, sobre una versión digitalizada «base», usted podrá introducir interpretaciones del texto fuente. Es un tópico que los profesores denuncien en clase los desmanes de una edición, o vayan comentando errores de interpretación de un texto y esta es una solución útil a esa necesidad del mundo académico.

Asimismo publicamos de manera sistemática, en un mismo catálogo, tesis doctorales y actas de congresos académicos, que son distribuidas a través de nuestra Web.

El servicio de «libros a la carta» funciona de dos formas.

1. Tenemos un fondo de libros digitalizados que usted puede personalizar en tiradas de al menos cinco ejemplares. Estas personalizaciones pueden ser de todo tipo: añadir notas de clase para uso de un grupo de estudiantes, introducir logos corporativos para uso con fines de marketing empresarial, etc. etc.

2. Buscamos libros descatalogados de otras editoriales y los reeditamos en tiradas cortas a petición de un cliente.

9 788411 267762